書下ろし

残照の剣

風の市兵衛 弐《に》㉗

辻堂 魁

祥伝社文庫

目次

北
西
東
南
不忍池
神田川
市兵衛の店（永富町）
土もの店
口入れ屋「宰領屋」（三河町）
小料理屋「薄墨」（鎌倉河岸）
北町奉行所
日本橋
江戸城
南町奉行所
近江屋（銀座町）

地図作成／三潮社

『残照の剣』の舞台

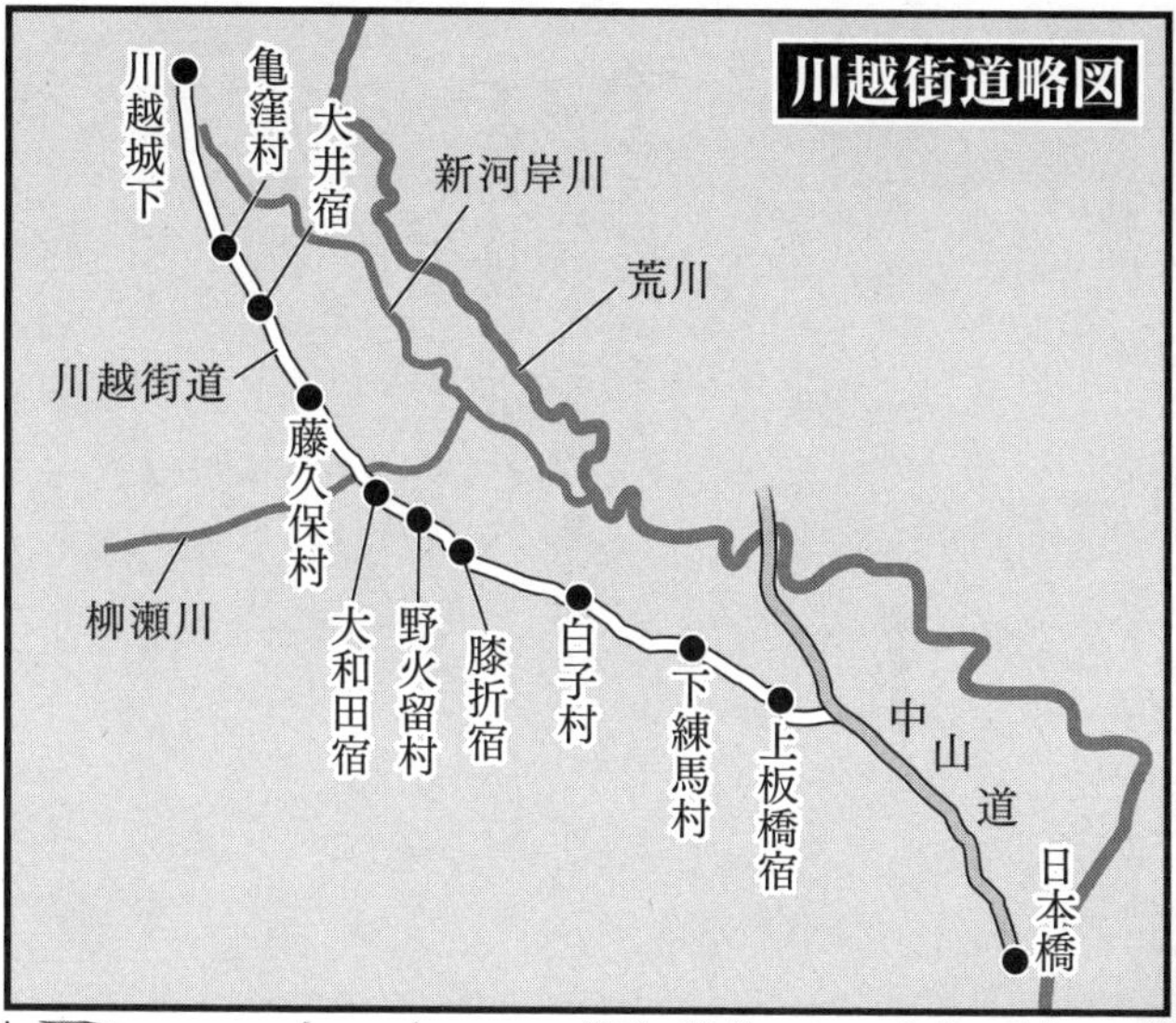
川越街道略図
川越城下
亀窪村
大井宿
新河岸川
荒川
川越街道
藤久保村
柳瀬川
大和田宿
野火留村
膝折宿
白子村
下練馬村
上板橋宿
中山道
日本橋

片岡家屋敷（諏訪坂）

本編川越城下の町名及び地名の表記は
『新編武蔵風土記稿』巻之百六十二入間郡之七『河越城下町圖』（文化文政期）
に基づいています。

序　章　赤間川《あかまがわ》

川越《かわごえ》城下郷分《ごうぶん》の石原《いしはら》町を抜けて上寺山《かみてらやま》村へいたるその野道に、男らは現れた。

夜明けまでには間のある七ツ前（午前四時頃）だった。

武州《ぶしゅう》の広大な夜空には、無数の星がちりばめられていた。

野道は四方を見わたす限り、明かりひとつ見えぬ黒い田畑の野が横たわり、野の果ては星空と一体になっていた。

おぼろな星明かりの下に、男らの黒い影が見分けられた。

間違いなく侍だと、佩刀《はいとう》の影で察した。足音もなく運ぶなめらかで俊敏《しゅんびん》な歩みも、町民のものでも農民のものでもなかった。

三体あった。一体が前に立ち、左右背後に二体が続いていた。

堤連三郎《つつみれんざぶろう》は歩みを止め、提灯《ちょうちん》を前方へかざした。

この刻限に明かりも持たず胡乱《うろん》な、と思った。

ふと、道の後方にも人の気配が、それも複数の気配を察した。まさか、このような御城下近くで夜盗か、と不審が募《つの》った。

連三郎は後方へ目配りし、すぐに前方の影へ戻した。

その日は、比企《ひき》郡の松山《まつやま》町と小川《おがわ》町へ出張だった。松山町周辺村役人より出された諸願の届けの事情を、郡《こおり》奉行の太田《おおた》さまに報告するための訊《き》きとりと、小川町周辺の麦の作柄の見分《けんぶん》で、二泊の見こみだった。比企郡の小川町周辺の麦は小川素麺《そうめん》で知られ、江戸では評判のよい藩の有益な特産物だった。

堤家の拝領屋敷は、川越城下南の新田《しんでん》町にあった。わずか七十俵二人扶《ぶ》持《ち》の、柘《つ》植《げ》の垣根を廻《めぐ》らした、むろん玄関式台などない古い屋敷だった。

秋元《あきもと》家が宝永《ほうえい》元年（一七〇四）にこの地へ入封して領主となった二十数年後の享保《きょうほう》期、上赤坂《かみあかさか》村の農民だった堤家の一族が、郡奉行配下山方役《やまがたやく》の士分《しぶん》にとりたてられた。

以来、堤家は明和《めいわ》期の国替で秋元家に代わり入封した当今の松平大和守家《まつだいらやまとのかみけ》にも同じく山方役として仕え、五代にわたって続いた地侍の家柄である。

身分の低い地侍ながら、武州の広大な野や川、西の秩父《ちちぶ》の山地までを知りつくした山方役の能吏《のうり》として、堤家は同じ地侍の信頼を集め、松平大和守家恩顧《おんこ》の上士からも一目おかれていた。

その夜明け前、拝領屋敷を出た連三郎は、高澤《たかさわ》町の西のはずれ、赤間川《あかまがわ》に架かる高澤橋東詰番所の木戸門をくぐった。

赤間川は城下北側を流れ、南の新河岸《しんがし》川へとそそぐ入間《いるま》川の枝川である。

高澤橋を渡るとき、後ろで番士が木戸門の閂《かんぬき》をかける音が聞こえた。

石原町の往来をゆくとき、町家の彼方《かなた》で一番鶏《いちばんどり》が鳴いた。

比企郡への小川道が、そこから始まっていた。

連三郎は提灯を高くかざし、三人の男らを見きわめようとした。だんだん姿形が明らかになって、連三郎はいっそう不信を募らせた。

いずれも、暗く沈んだ着物に黒の手甲《てっこう》、裁《た》っ着け袴《ばかま》に二刀を帯び、黒足袋草鞋《くろたびわらじ》履《ば》きの物々しい扮装《ふんそう》に思われた。

「誰だ」

と投げかけ、中にひとり知った顔に気づいた。

横目役殺生方《よこめやくせっしょうがた》の菅留吉《すがとめきち》ではないか。

横目役は、藩士の日ごろの不穏な言動行動を密《ひそ》かに監視検察し、家中の非違者《ひいしゃ》を検挙する役目である。

中でも、横目役附属吏の殺生方は、検挙の実動部隊で、非違者と断じた藩士を容赦《ようしゃ》なく捕縛し、ときには主君の命を受けて、非違者の誅殺《ちゅうさつ》も辞《じ》さなかった。

人斬《ひとき》り組《ぐみ》と噂《うわさ》されて恐れられていたが、殺生方は何名いるのか誰がその役目なのか、家中でも知る者は少なかった。

しかし、連三郎は菅留吉が横目役殺生方とは知っていた。

これは……

連三郎は戦慄《せんりつ》を覚えた。

菅留吉が連三郎のかざす提灯の明かりの中に入った。

途端《とたん》、低く冷徹な声を投げつけてきた。

「郡奉行太田雄助《ゆうすけ》さま配下・山方役堤連三郎、上意だ」

「おぬし、殺生方の菅留吉だな。上意とはいかなる……」

しかし、上意の意味を質《ただ》す間はなかった。

ざざ、と草鞋を鳴らし、菅はたちまち最後の間をつめた。右足を踏みこんだ体勢から左足を後方へ引いて、連三郎へすっぱ抜きに浴びせかけた。

息をつめた渾身《こんしん》の右大袈裟《おおげさ》が、ぶん、と羽音のように宙にうなった。

連三郎の提灯がはじき飛ばされ、菅笠《すげがさ》の縁《ふち》が裂《さ》けた。

かろうじて身体《からだ》を逃がすことができたのは、はじき飛ばされた提灯の明かりが留吉の目に映り、刹那《せつな》の間、刃筋《はすじ》を遅らせたからだった。

いきなりの大袈裟をまぬがれ、連三郎は身を仰《の》け反《ぞ》らせながら抜き放った。

通町《とおりちょう》の神道無念流《しんとうむねん》秋川維助《あきかわただすけ》道場で、剣術の修行を積んだ。

「慮外《りょがい》な。誰の差金《さしがね》か」

咎《とが》めたが、斬りかえす間はなかった。

留吉は大袈裟の柄頭《つかがしら》を下腹にあてて止め、すかさず斬りあげ、真横斬り、華麗な円形線を描いて再び、凄《すさ》まじい斬りおろしを放った。

鋼《はがね》を鳴らしてそれを払いあげた一瞬、菅の左と右より、二人が上段へとって、ほぼ同時に連三郎に肉薄した。

提灯が野道に落ちてめらめらと燃え出し、二人の殺気に漲《みなぎ》った形相《ぎょうそう》を照らし出した。

物《もの》の怪《け》のような絶叫が、夜空にたちのぼった。

ただそのとき、ぎりぎりの隙《すき》が連三郎に残っていた。留吉の刃を払いあげた刃筋の間合いに、右のひとりが突っこんできたのだ。

連三郎の身体が勝手に反応した。

真っすぐに突進した敵の肩へ深々と打ち落とし、すかさず左足を引きながら引き斬った。

敵の一撃はぐらついて、連三郎を斬り損じていた。

奇声を発し、両膝を道へ突き、それから上体をよじってくずれ落ちた。

血飛沫《ちしぶき》が、しゅうしゅうと音をたてていた。

だが、連三郎も無傷ではなかった。

左の敵が斜め下方斬りを放って、連三郎の左腕を一閃《いっせん》していた。

「やあっ」

と、切先が左腕を舐《な》めた。

だが、連三郎は左手を離した右手一本の突きで、敵の腹を貫《つらぬ》いた。

敵は身体を縮め、喘《あえ》ぐようにうめいた。

そこへ、留吉の追い打ちが円形線を描き、羽音とともに再び大袈裟に襲いかかった。

断じて斬る。

一重の目が冷徹な青白い光を放っていた。

腹を貫いた敵の陰に身を入れたのは、咄嗟《とっさ》の判断だった。

そのため、留吉の大袈裟の刃筋が乱れた。

連三郎は、敵の身体から刀を引き抜きながら留吉へ押し退《の》け、間髪容《かんはつい》れず、横一文字に斬りかえした。

留吉のこめかみと頬《ほお》を、切先が赤いひと筋に裂いた。

無言のまま顔をそむけ、留吉はよろけて一歩を退《しりぞ》いた。

すかさず、連三郎は反転した。

野道に燃える提灯の火が、すぐ背後に迫る七、八人の敵のかざした刀身を明々《あかあか》ときらめかせていた。

だが、これを蹴散《けち》らし城下へ逃れるしか、生き延びる手だてはなかった。

連三郎は先頭の上段よりの打ち落としの懐へ入り、胴抜きに斬り抜けた。

それから周りを囲み、次々と襲いかかる敵を、片手右横斬り、続けて右袈裟斬り、右足を引いて反転、左足を踏みこみ片手突き。刀を引きながら右へ廻《まわ》り、左右へ片手袈裟斬り、左袈裟斬りを浴びせかけ、さらに反転して、右の敵を右足を引きながらの右斜め下方へ斬り落とし、左の敵の一撃をすれすれに躱《かわ》して、疵《きず》ついた左手を右手に添えて諸手《もろて》突きに突き入れた。

前後左右に乱舞し、鋼を鳴らし、悲鳴と絶叫が交錯し、自らも菅笠を斬り飛ばされ、全身に刀疵を受けながらも暴れ廻った。

すると、突然、燃えつきかけた提灯の火が、城下へ戻る人気のない野道を照ら出した。

ほんの束《つか》の間、城下への暗い野道が開けた。

連三郎は城下へと、即座に転じた。夢中で駆けた。

「逃がすな、討て討て」

追手の喚声が背後に迫っていたが、一顧《いっこ》だにしなかった。城下まで逃れられれば、と疾駆した。

たちまち石原町の往来を駆け抜け、赤間川に架かる高澤橋まで戻った。

橋の東詰に番所と木戸が、暗がりを透《す》かして見えた。夜明け前の暗闇の中で木戸は閉じられているが、番所には番士が詰めている。先ほど木戸をくぐるとき、番士がいて木戸を開けた。

「狼藉者《ろうぜきもの》、狼藉者、番士どの……」

と、連三郎は駆けながら、番所へ叫んだ。

しかし、番士は姿を見せなかった。

木戸は連三郎を拒むかのように、固く閉じられたまま沈黙を守っていた。なぜだ、と思ったとき、不意に無念の思いが腹の底から突きあげた。これは仕組まれていたのか。見て見ぬふりをするか。

これが上意か。

悔《くや》しさと虚《むな》しさが、連三郎の胸をきりきりと締めつけた。

高澤橋に駆けあがった連三郎は、理不尽な、という怒りに捕えられた。

その一瞬だった。

「てやあっ」

野太い雄叫《おたけ》びとともに、背後に追いついた留吉の斬撃を浴びた。

背中を一閃された。深手だった。刹那、息が止まった。

致命傷にならなかったのは、背中にくくりつけていた小行李《こごうり》の荷物が、それを防いだからだった。小行李の荷物が橋にばらばらと散った。

よろけた身体をたたらを踏むように支え、手摺《てすり》に凭《もた》れかかった。

留吉が橋板に一歩を大きく踏み出し、止《とど》めの大上段にかまえた。

「上意」

と、再び野太い声を夜明け前の暗い川筋に響かせた。

理不尽な。受け入れられぬ。

連三郎は思った。

赤間川が大蛇のようなどす黒い流れを横たえていた。

否《いな》やはなかった。凭れかかった手摺を軸に身体を一回転させた。

留吉の止めの斬りさげをまぬがれ、白刃が手摺を嚙《か》んだとき、連三郎の身体は黒い赤間川へ落下し、落下の束の間に武州の星空を見た。

橋の上から見おろす留吉の顔も見えた。

次の瞬間、赤間川の川面《かわも》を乱し暗黒の淵《ふち》へと沈んだ。

それでもなお、仮令《たとえ》、塵界《じんかい》に生き恥を曝《さら》してもこのような理不尽は受け入れられぬ、と連三郎は思った。

季枝《きえ》、隆明《たかあき》、済まぬ……

連三郎は思った。

第一章　百代《はくたい》の過客《かかく》

一

寛政《かんせい》十二年（一八〇〇）閏《うるう》四月末、武州川越城下で上意討ちがあった。

それから、二十五年の歳月がすぎた文政《ぶんせい》八年（一八二五）夏、十吉郎《じゅうきちろう》という男の亡骸《なきがら》が、永富《ながとみ》町三丁目の滝次郎店《たきじろうだな》で見つかった。

小雨の煙《けぶ》る夏にしては肌寒い午後だった。

軒庇《のきびさし》の下に雨垂《あまだ》れがぴちゃぴちゃと跳《は》ね、水はけの悪い路地の水溜《たま》りに、路地を挟《はさ》んだ軒庇と軒庇の間からのぞく重たそうな鼠《ねずみ》色の空が映っていた。

その日、隣の住人のおかみさんは、十吉郎の店の雨戸が、昼近くなっても閉《た》てたままになっているので、

「十吉郎さん、十吉郎さん、朝寝坊かい。もう昼だよ」

と、雨戸を叩《たた》いて呼びかけた。

十吉郎の返事はなかった。むっとするような沈黙がかえってきたばかりだった。おかみさんは、どうしよう、とちょっと迷った。

昨夜のたぶん四ツ（午後十時頃）ごろ、十吉郎の帰ってきた物音が薄い壁ごしに聞こえた。

おまけに酔っぱらっているらしく、もたつき、よろけるような足どりで、雨戸を閉てたり、くぐもったため息を吐《つ》いたり、万年床へごろんと転《ころ》がって床がゆれて軋《きし》んだりした。

それからすぐに、牛のうめくような重たげな鼾《いびき》が聞こえた。

おかみさんは、やれやれ、と思って眠った。

昨夜は遅かったから、まだ寝ているのかもしれなかった。

十吉郎は、多《た》町の青物問屋の清左衛門《せいざえもん》に雇われている荷車引きだった。

今年五十七歳と聞いたが、五十七歳よりはだいぶ老《ふ》けて見え、荷車引きの仲間から、爺《じい》さん、と呼ばれているのを、おかみさんは知っていた。生国《しょうこく》も知らず、身寄りの話も聞かない、独り暮らしの年寄りだった。

この雨で仕事を休んだのかい。まさかね。そんなことをしてたら、働き口を失《な》くしちまうよ。

おかみさんは、小雨の降り続く鼠色の雲をちらと見あげて思った。

また雨戸を叩いたが、やはり返事はなかった。

「しょうがないね」

建てつけの悪い雨戸をがたがたとゆらしてはずし、引き違いの腰高障子《こしだかしょうじ》を一尺（約三〇センチ）ほど引いた。すると、薄暗い店にこもっていた埃《ほこり》っぽい臭いが流れ出た。

「十吉郎さん、居るんだろう。もう昼だよ」

と、店の薄暗がりを透《す》かし見た。

土間続きの四畳半に、布団《ふとん》にくるまっている人影が認められた。

おかみさんは、障子戸をさらに引き、土間に踏み入った。四畳半の布団にくるまった人影へ、

「十吉郎さん」

と繰りかえした。

人影は身動きひとつせず、返事もなかった。

様子がおかしく、さすがに気味が悪くなった。

四畳半にあがるのをためらったが、様子がおかしいのに、このまま放っておくわけにいかなかった。

おかみさんは四畳半へあがり、十吉郎の布団に恐る恐る近づいた。

薄暗がりに目が慣れて、箱枕に引っかかるように乗った十吉郎の、暗がりにまぎれて黒ずんだ顔がだんだん見えてきた。

雨垂れが物憂《ものう》い音をたてている。じめじめした沈黙が、十吉郎の周りに澱《よど》んでいた。

「十吉郎さん、具合が悪い……」

黒ずんだ十吉郎の顔へそっと言いかけ、おかみさんは言葉を呑《の》んだ。

路地の戸口より射す鈍《にぶ》い明かりが、十吉郎の見開いた目に映っていた。

顔は天井に向いて、瘦《こ》けた頰《ほお》と口元の周りの白髪混じりの無精髭《ぶしょうひげ》が、ぼうっと浮かびあがった。

「あ、ああ」

手足が急に震え始めた。

おかみさんの足の下で畳《たたみ》がたわみ、床が歯ぎしりをするように軋んだ。

そのとき、箱枕に引っかかっていた黒ずんだ顔がぽとりと落ち、十吉郎の見開いた空《うつ》ろな目がおかみさんへ向けられた。

おかみさんの悲鳴が、小雨の煙る滝次郎店に響きわたった。

近所の犬が、おかみさんの悲鳴に驚いて一斉に吠《ほ》えたてた。

四半刻《しはんとき》（約三〇分）後、十吉郎の店の戸前には、長屋の住人が集まっていた。

住人は路地の軒庇の下に雨をよけて、物憂げに十吉郎の店を見守っていた。

雨に濡《ぬ》れても小雨なので、菅笠《すげがさ》や手拭《てぬぐい》をかぶって、表戸を開け放した戸口から中をのぞきこんでいる者もいた。

大人らから少し離れた軒庇の下には、長屋の子供らが立ち並んでいて、なんだか恐《こわ》いけれど、恐い物見たさのそわそわした素ぶりで、物珍しそうな好奇の目をやはり十吉郎の店へ向けていた。

店の中では、家主の滝次郎と自身番の当番の安左衛門《やすざえもん》が、十吉郎を弔《とむら》う段どりの話し合いを始めていた。

自身番の二人の店番が、ひとりは小簞笥《こだんす》の抽斗《ひきだし》の中をひとつひとつのぞき、もうひとりは、柳行李《やなぎごうり》を開けて、十吉郎の遺品を調べていた。

先ほど、町奉行所と永富町の名主、そして、十吉郎が荷車引きに雇われている多町の青物問屋へ知らせが走っていた。湯島《ゆしま》の早桶《はやおけ》もすでに手配し、せめて、枕経《まくらぎよう》ぐらいは読んでもらうようにと、お寺にも頼みにいかせていた。

板葺《いたぶき》屋根の棟木《むなぎ》に一羽の烏《からす》が止まっていて、とき折り、奇嬌《ききよう》な鳴き声をあげて、ととと……と滴《したた》る雨垂れの音を乱した。

多町の青物問屋の番頭と荷車引きの頭《かしら》が路地に姿を見せたのは、十吉郎の亡骸が見つけられた半刻《はんとき》（約一時間）後だった。

中年の番頭は、お仕着せの細縞《ほそじま》の長着を着けてお店の番傘《ばんがさ》を差し、白足袋《しろたび》に履《は》いた足駄《あしだ》が、濡れて黒ずんだどぶ板に湿気《しけ》た音をたてた。

小太りの荷車引きの頭は、菅笠に桐油紙《とうゆがみ》の紙合羽《かっぱ》を羽織《はお》って、跣《はだし》に草履《ぞうり》をつっかけて番頭の後ろに従っていた。二人の番傘と紙合羽に、小雨がぱらぱらと降りかかっていた。

番頭は店の前の住人へ会釈《えしやく》を投げ、番傘をすぼめてそそくさと店へ入った。

荷車引きの頭も、濡れた菅笠と紙合羽をとり、番頭に続いて軒をくぐった。

四畳半のあがり端《はな》で弔いの話をしていた滝次郎と安左衛門が、番頭と頭へ向いて、「やあ」と力ない声を寄こした。

番頭は表情を引き締め、滝次郎と安左衛門に辞儀《じぎ》をした。

「滝次郎さん、安左衛門さん、ご苦労さまでございます」

「番頭さん、頭、早速きてくれてありがとう。こうなったからには、気の毒なことだが、これも人の定めだ。仕方がないね」

滝次郎がだるそうに言った。

「まことに、果敢《はか》ないものです」

番頭は殊勝にかえした。

それから、二人の店番にも辞儀を投げた。二人とも永富町で表店を営む、顔見知りの主人である。

亡骸が横たわる寝床の頭のほうに、年増のおかみさんが坐《すわ》っていた。

番頭は、おかみさんにも丁寧《ていねい》な黙礼をした。おかみさんは、潤《うる》んだ目の縁《ふち》を赤くして俯《うつむ》いた。

十吉郎の亡骸は、破れ目から所どころ綿のはみ出た布団に横たわり、白綿の布地で死顔を覆《おお》われていた。顔の傍らに、使い古して垢染《あかじ》みた箱枕があった。箱枕から落ちたような恰好《かっこう》で、亡骸の頭が少しかしいでいた。

白布に覆われていても、白髪混じりの髷《まげ》や伸びた月代《さかやき》が見えた。

その横に並べた線香たてで、数本の線香が薄煙をゆらしていた。

店奥の掃《は》き出しの腰障子を開け放っていて、掃き出しの外でも、雨垂れが軒から滴《したた》っていた。裏手の隣家の土塀《どべい》が迫り、日あたりは悪そうだが、店にこもる薄暗さを少しはやわらげていた。

「では、わたしらも線香を供《そな》えさせていただきましょうか」

番頭は、後ろの頭に目配せした。

二人は四畳半へあがり、寝床に横たわる亡骸へにじり寄った。

滝次郎が番頭と頭に並びかけ、十吉郎の顔を覆った白布を額《ひたい》のあたりまでそうっとまくった。

十吉郎の半《なか》ば見開いた黒ずんだ目や、落ち窪《くぼ》んだように瘦けた頰、口元や顎《あご》を覆う白髪混じりの薄い無精髭が、死顔を喩《たと》えようのない果敢なさでくるんでいた。それは、惨《むご》たらしいというより、戦慄するほどの虚無《きよむ》の恐怖を、見る者に覚えさせずにはおかなかった。

孤独の末の老いた死顔だった。

番頭は掌《て》を合わせ、南無阿弥陀仏《なむあみだぶつ》南無阿弥陀仏……と数回小声で唱えた。

「奉行所の検《あらた》めが済んでいないので、仏さんには見つかったときのまま、一切触れていない。ただ、顔だけはこれで覆っておいた。それから、仏さんのために線香をあげるぐらいは差し支えなかろうと思ったんでね」

滝次郎が顔の白布と線香たてへ差した掌を、亡骸の顔の上あたりで左右に払った。亡骸の周りに、一匹の蠅《はえ》が羽音をたてていた。

「こちらは隣のお笛《ふえ》さんだ。仏を最初に見つけてね。お役人が出役《しゅつやく》して、検めのときに事情を訊《き》かれるだろうから、ここで待ってもらっているんだ。けど、お役人の検めと言っても、形だけになるだろうね。人間、歳《とし》をとるとこういうことがあるんだよ。これといって悪いところはないのに、ある日、卒中か心の臓をやられたかなんかで、ぽっくりと逝《い》っちまう。果敢ないもんさ。長いことこの仕事を務めていると、珍しくないんだよ。ねえ、安左衛門さん」

「ふむ。珍しくない」

当番の安左衛門が、滝次郎へむっつりとかえした。

番頭はお笛に向いて言った。

「そうですか。さぞかし吃驚《びっくり》なさったでしょうね。うちでも、十吉郎さんは昨日も普段と変わらず、荷車を引いていましたから、亡くなった知らせを聞いて、旦那さまも奉公人もみな驚いています。そうですよね、頭」

「へえ。けど、十吉郎さんは具合の悪いのを隠していたかもしれねえな。とにかく、生真面目《きまじめ》で、少々身体がつらくても仕事を休まなかった。ただ、ちょっと酒好きでね。性質《たち》の悪い酒呑みじゃあなかったが、ひとりで黙々と浴びるほど呑んで、よろよろと千鳥足《ちどりあし》で帰っていくのを、よく見かけたもんだ。荷車引きの仲間で呑んだとき、ひっくりかえったことがあってね。呑みすぎはよくねえ、身体に障《さわ》るぜ、もう年なんだからよと諭《さと》したら、でえじょうぶだでえじょうぶだと笑ってた。飯もろくに食わずに呑んでばかりだから、痩せ細って、よくねえなとは思ってたんだ」

頭は十吉郎を見つめ、しみじみとした口調で言った。

お笛も亡骸を見おろして赤くなった瞼《まぶた》を瞬《また》き、誰にということもなく頷《うなず》いた。

「十吉郎さんが戻ってきた物音は、聞こえていました。ずいぶん酔っているみたいで、ふらふらした足どりの様子でした。ごろんとひっくりかえって、鼾も聞こえましたから、また呑んだくれてと思っただけで、気にしませんでした」

それから、夜が明けて昼近くになっても、十吉郎が起き出してこないので、と仏を見つけた子細《しさい》を袖《そで》で覆った下のくぐもった声で話した。

「それで、慌てて家主さんへ知らせに……」

お笛が言い終る前に、それを引き受けるように滝次郎が話し出した。

「十吉郎さんはわたしより二つ上の、五十七歳だ。年寄りに違いはなくても、まだ耄碌《もうろく》する歳ではないけどね。背は高かったが、痩せて背中を丸めた恰好は歳よりだいぶ老いぼれて見えたね。身体の芯《しん》が弱っていたんだろう。それで番頭さん、少々困ったことがあるんだよ。頭も十吉郎さんの仕事仲間なんだから、知ってたら教えてほしいんだが」

番頭と頭が滝次郎に向いた。

「じつはね、十吉郎さんの身元がわからないんだ。生国はどこの何村か、むろん宗門改めもない。名前と歳だって、当人が言うままに聞いただけで、本途《ほんと》に十吉郎で、今が五十七歳かどうかも確かじゃない。ほら、歳以上に老けて見えるだろう。家主が店の住人の身元を知らないのでは、話にならない。この分だと、家主の務めが不行届《ふゆき》きにつきと、お奉行所のお叱《しか》りを受けかねないのさ」

「十吉郎さんの宗門改めは、ないんですか」

「それじゃあいけないのはわかっているんだが、ないんだよ。この店に越してきたのは五年前だ。生まれは武州のなんとか村で、二十年以上前に手前勝手なわけがあって国を出て、渡世人の真似事《まねごと》をしてねぐら定めぬ旅暮らしを送ってきた。

けれど、お上に追われるほどの大それた罪を犯してはいない。縁があって、旅暮らしをやめ江戸に出て、本所《ほんじょ》の八郎兵衛《はちろべえ》親分の下で常浚《つねさら》いの仕事をしてきたが、五十をすぎて常浚いはきつくなり、八郎兵衛親分の口利きで、青物市場の清左衛門さんの荷車引きで雇ってもらえることになった。ここに住まいを定める折り、八郎兵衛親分の添書《そえしょ》を持っていたもんでね。八郎兵衛親分は常浚いの請負人で、知らない仲じゃない。八郎兵衛親分の添書があるし、宗門改めはそのうちにとり寄せますと言うし、なら大丈夫だろうと信用して、気がついたら、十吉郎さんの素性《すじょう》を知らないまま五年がたっていた、というわけだよ」

「うちも同じです。旦那さまに確かめないと定かではありませんが、八郎兵衛さんの口利きがあって、十吉郎さんを雇ったと旦那さまから聞いております。たぶん、旦那さまも身元はご存じではないでしょうね。頭は十吉郎さんから聞いていませんか」

「さあ、あっしも知らねえな」

「頭、せめて身寄りでもわかれば、ありがたいんだがね」

滝次郎が頭に言った。

頭はふうむとうなり、滝次郎にこたえた。

「十吉郎さんはあっしより十ほど年上なもんで、仕事仲間同士、気安くつき合うというほどの仲じゃなかった。あっしらと一緒になって馬鹿話もしないし、あっしらとは、育ちが少々違う感じだった。と言って、嫌みな野郎じゃなかった。むしろ人柄がよくて、若い者は爺さんと気安く呼んでた。問屋の荷車引きを始めたころ、国はどこだいって訊いたら、武州のほうでって言ったばかりで、あんまり言いたがらなかった。きっと、わけありなんだろうと思ったから、それからは訊かないことにした。他人には言えないわけありだったから、呑まずにはいられなかったのかもな」

「本所の八郎兵衛さんなら、十吉郎さんの生まれたその武州のなんとか村か、どなたか身寄りの方を、ご存じではありませんか。八郎兵衛さんは、どのように仰《おつしや》っているんですか」

「八郎兵衛親分にも、知らせはいかせている。親分に、十吉郎さんの身元を聞いてくるようにと言ってはいるが、親分のほうでもわからなかったら、ちょっと面倒なことになりそうで、憂鬱《ゆううつ》なんだ。頭も言ったように、十吉郎さんは自分の話を殆《ほとん》どしなかった。店の住人とも近所づき合いがなくて、みなよくわからない人でしたと言うばかりだし。まあ、五年も放っておいたわたしの落度なんだが、今さらそれを悔やんでも仕方がないので、お役人がくるまでに、十吉郎さんの遺品に身元を明かす物が見つからないか、探してもらっているのさ。どうせ、検めで調べるのはこっちだからね」

「そうなんですか。わたしはてっきり、滝次郎さんは十吉郎さんの身元をご存じだとばかり思っていました。ではうちもお役人に何か言われかねませんね。旦那さまに話しておきます」

「ふむ、それがいいよ」

そのとき、小簞笥を調べていた店番が、古い帷子《かたびら》や浴衣《ゆかた》、紺木綿の着物、継《つ》ぎ接《は》ぎがわかる足袋や股引《ももひき》、肌着、下帯、などの粗衣《そい》や手拭、黄ばんだ晒布《さらしぬの》などを抽斗に戻すと、頭の上の棚を見あげた。

店の柱と柱の間の壁ぎわに、棚が渡してあった。

そこにも、風呂敷包みが見えていた。

店番は立ちあがって小簞笥から離れ、棚の風呂敷包みへ手をのばした。

「埃をたてないように、そっとな」

当番の安左衛門が、店番に声をかけた。

風呂敷包みに手をかけおろしかけたとき、棚がことんと鳴った。店番は腕を棚の奥へ突っこみ、「あれ？」と首をかしげた。米櫃《こめびつ》のそばに踏台が並んでいて、それを棚の下に運んで踏み、棚の上をのぞいた。

風呂敷包みと一緒に破れ菅笠を棚からおろし、もうひとりの店番が受けとって掃き出しへ抱えていくと、雨垂れの滴る軒下で埃を叩いた。

踏台の店番は、荒縄で両端を結わえた莫蓙《ござ》のひとくるみを、棚の奥から引っ張り出した。

「なんだい、それは」

滝次郎は店番に言った。

「道中差《どうちゆうざし》か、もしかしたら、長脇差じゃありませんか。あ、どうやら二本くるまれていますね」

それを両腕に抱えて踏台をおり、着座した店番は、膝の上で固く結んだ荒縄の結わえを解き始めた。

「こっちはわたしが……」

と、埃を叩いた風呂敷包みと菅笠を抱えて戻ったもうひとりが、風呂敷包みを開いた。

風呂敷包みには、縞の引廻《ひきまわ》し合羽、手甲脚絆《てつこうきやはん》、腹巻、黒足袋《たび》に草鞋《わらじ》、などの旅装束のほか、三尺手拭に湯手拭、扇子《せんす》、矢立《やたて》、小硯箱《こすずりばこ》、莨入《たばこい》れ、提灯《ちょうちん》、蠟燭《ろうそく》、附木《つけぎ》、大財布に巾着《きんちゃく》、薬袋や針糸に髪結道具、糠《ぬか》袋、耳かきまでそろっていた。

「へえ。どうやら、これだけそろっていれば、いつでも旅に出られますよ」

店番は目を瞠《みは》って、ひとつひとつ手にとって調べた。

「けど、だいぶ古い物ですね」

「十吉郎さんが、旅暮らしをしていた若いころに使っていた道具なのかね」

滝次郎が言い、

「でしょうね」

と、店番がかえしたときだった。隣で荒縄を解《ほど》いた店番の膝《ひざ》から、黒鞘《くろさや》の大小が竪丸形無文《たてまるがたむもん》の鍔《つば》を鳴らして、莫蓙のくるみを広げるように転がり落ちた。

亡骸を囲んでいたみなが、束《つか》の間、啞然《あぜん》とした。

「これは、旅暮らしの渡世人の持つ長脇差じゃありませんね。お武家の携《たずさ》える大小ですよ」

店番は、珍しそうに大刀を拾いあげ、黒撚糸《くろねんし》の柄《つか》をにぎった。そして、抜こうとしたが、刀は抜けなかった。鞘の中で刀身はつかえていた。

「抜けないのかい」

「どうやら、だいぶ錆《さ》びているようです。長いこと抜いてないいんでしょう」

店番は大刀の黒鞘と柄をにぎって、うむ、と力をこめた。

また、かすかな音をたて、鯉口《こいぐち》のあたりがわずかに動いた。

「よし、抜けそうだ」

と言った途端、つかえが一気にはずれたかのように、赤茶けた刀身が錆の塵《ちり》を吐《は》き散らしながら、がりがりっ、と鞘から飛び出した。

「あっ、危ないよ」

滝次郎がつい大声をあげ、身体を仰《の》け反《ぞ》らせた。

路地の住人らがそれを聞きつけ、何事だい、と小雨と滴る雨垂れに濡れるのもかまわず、ぞろぞろと戸口に集まった。

店の中をのぞいた住人らは、店番がかざした刀を見て、ほう、と声をあげた。

刀身は赤茶色に錆び、いくつもの刃こぼれの跡を残していた。

粗末な店に澱《よど》んだ灰色の薄明かりが、虚《むな》しくすぎ去った長い年月を惜しむかのように、赤茶色の刀身にまとわりついていた。

二

それから十日近くがすぎた。

その午前、唐木市兵衛《からきいちべえ》の背中に隣家の庭の木で蟬《せみ》が騒いでいた。

掃き出しの引き違いの腰障子が開かれ、濡れ縁の先に人と人がやっとすれ違える通路ほどの狭い庭がある。庭の板塀ぎわに生えたあかざへ、こちらの屋根と隣家の屋根との間から夏の日が射している。

にいにい、にいにい……

蟬は、隣家の桂《かつら》の木で、二、三日前から騒いでいる。

市兵衛の前に、良一郎《りょういちろう》と小春《こはる》が居並んでいた。ふたりは目を伏せ、不意に顔をあげて何かを言いかけては、違う、と気づいて消沈する素ぶりを見せた。

良一郎と小春は、幼馴染《おさななじみ》の同じ十八歳である。

良一郎は、六尺《しゃく》（約一八〇センチ）余の上背の青竹のような痩軀《そうく》を恥ずかしそうに縮め、色白でやや細めの顎の中高な顔を、とき折りほころばせて市兵衛へ向けてきた。

いかにも自信なげで頼りない笑みが、この男の愛嬌《あいきょう》でもあった。

一方の小春は、島田に結った黒髪の下の、薄桃色の広い額に何かを思いつめた大きな目と、澄ました鼻の下に結んだ艶《つや》やかな赤い唇が、十八歳の細身にあふれる純情を持て余し、扱いかねていた。

市兵衛は、頼りない笑みを向けた良一郎のきれ長の目と目を合わせ、母親のお藤《ふじ》似だなと、改めて思った。だが、両肩をすくめてその間に首を埋めた仕種《しぐさ》は、渋井《しぶい》さんにそっくりだとも思った。

「おまえたちの決心は、固いのだな」

市兵衛は、良一郎から小春へ向いて言った。

良一郎が童子《どうじ》のように頷き、小春はゆっくりと落ち着いて、薄桃色の容顔《かんばせ》を上下させた。

「小春、お父《と》っつあんとおっ母《か》さんに話して、許してくれると思うか」

小春は目を伏せた恰好のまま、首を横にふった。

「お父っつあんは怒って許してくれないし、おっ母さんも悲しむと思います。とてもとても、悲しむと思います。みなしご同然のわたしを引きとって、じつの娘のように育ててくれたお父っつあんとおっ母さんの恩を、ありがたいと思わなかった日はありません。又造兄さんは、本途に血の繋がった妹のように優しくしてくれました。お父っつあんは、三歳のわたしを養女にしたときから、いずれは又造兄さんの嫁にと思っていたんです。わたしは、お父っつあんの跡を継いで扇子職人になった又造兄さんと所帯を持って、隠居をしたお父っつあんとおっ母さんに孝行をして、子ができて、その子が同じように職人を継いで嫁をとり、今度はわたしらが子に跡を譲って隠居をしてと、そんなふうになっていくんだなって、思っていたんです。お父っつあんもおっ母さんも又造兄さんも、たぶん……」

「それが、不服なのかい？」

「不服だとか、嫌だとか、そういうのじゃないんです。それはわたしの決めることではないし、お父っつあんとおっ母さんの決めることでもなくて、ずっと昔のご先祖さまからそうして生きてきた世の中の決まり事で、人はずっと決まり事を守って順番に生きて死んできたんだから、これからも守り続けて順番に生きて死んでいかなければならないことだって、自分であしたいとかこうしたいとか思ってもどうにもならないことだって、了見《りょうけん》していたんです」

「どうにもならないと了見していたのに、どうにもならない決心を固めたのか」

小春はもの思う目を、市兵衛との間の畳に落としていた。

良一郎は両肩に埋めた首を操《あやつ》りのように持ちあげ、小春を一瞥《いちべつ》した。

「何もかもがぼんやりして、誰の顔も誰の声も思い出せないけれど、お父っつあんとおっ母さんがいて、お菊《きく》姉さんがいたときの、小さな子供だったころの覚えが、かすかにあります。小春、小春、と誰かが呼んでいて、そんなぼうっとした覚えがよぎって、それからお菊姉さんに手を引かれて遠い遠い旅をして、人がいっぱいいる賑《にぎ》やかな大きな町で、お菊姉さんと二人で暮らしていたときのことも、ぼんやりとだけど覚えています。今に思えば、あれはたった三月《みつき》ほどでした。お菊姉さんと強い絆《きずな》で結ばれていたあのとき、わたしにはお菊姉さんがすべてだったような気がします。今のお父っつあんに、おまえは今日からうちの子になるのだよと手を引かれていき、心細くて不安で恐くてならなかったけれど、お菊姉さんとさよならをしたときから、わたしの決めることではないって、生きていくために我慢して辛抱しないといけないって、お菊姉さんのことは決して忘れないけれど、思い出さないようにしようって、了見したんです」

三歳の小春が、十二歳だった姉のお菊と別れ別れになったのは、大坂《おおさか》の遊里の新町《しんまち》である。

姉妹は、泉州佐野宿《せんしゅうさのじゅく》の生まれだが、ゆえあって両親と死別してみなしごになり、大坂新町の遊女屋に売られた。

江戸の扇子職人・左十郎《さじゅうろう》が職人仲間らと紀州《きしゅう》の熊野詣《くまのもうで》の旅をした戻り、大坂新町に遊び、そこで三歳の小春のあまりの愛くるしさに目を留め、左十郎は小春を買い受け、養女にしたいと思った。

小春は江戸へ連れていかれ、左十郎夫婦の養女となった。

大坂の新町で遊女になった姉のお菊は、二十六歳の年の暮れ、難波新地《なんばしんち》の色茶屋で命を絶った。

「でも、去年の暮れ、お菊姉さんが難波新地で亡くなった知らせを受けて、お菊姉さんの弔いに大坂へいかなければ、お菊姉さんの死の謂《いわ》れを知らされて、親の仇《かたき》を討ちに大坂へいかなければと思ったとき、思ったのは、それだけじゃなかったんです。とりとめもなかったけれど、ほんの少し、ぽつんと思ってはいたんです。なぜなんだろう、どうしてなんだろうって、思っていたんです」

小春はわずかに首をかしげ、ささやくように続けた。

「ずっと昔のご先祖さまからそうして生きてきた世の中の決まり事を守り、人は順番に生きて死んでいかなければならないと了見してきたけれど、わたしとお菊姉さんはそうじゃなかった。わたしたちのお父っつあんとおっ母さんもそうじゃなかった。わたしたちみたいに、順番に生きて死んでいくだけじゃない人がいるのはなぜなんだろう、どうしてなんだろうって」

「小春、左十郎さん夫婦が小春と又造兄さんが所帯を持つことを望むのは、小春につらい思いをさせるためではないぞ。小春に少しはましな、平穏な暮らしを送ってほしいと願っているからだ」

小春は、また果敢《はか》なげに頷いた。

「又造兄さんは、もう一人前の職人だと、周りの人は言います。あいつはいい亭主になるよって。わたしにとっても、優しい大好きな兄さんです。だけど、わたしは又造兄さんを、兄さんとしか思ったことがないんです。お父っつあんとおっ母さんは、この秋にはって、又造兄さんとわたしが夫婦になるものと決めて、話を進めています。わたし、できないんです。それがわかるんです。だめなんです。市兵衛さん、わたしがああしたいとかこうしたいとか思っても、本途にどうにもならないんでしょうか。わたしは了見しなければならないんでしょうか」

「そうではないが……」

市兵衛は言いかけ、あとの言葉を噤《つぐ》んだ。

市兵衛は良一郎へ向いた。

「良一郎、《伊東《いとう》》を継がなくていいのか。文八郎《ぶんぱちろう》さんはさぞかし落胆するだろう。お藤さんを悲しませることにも、なるのだ」

「は、はい。あっしだって、小春と同じです。去年の暮れ、小春に大坂へいく相談をされたとき、幼馴染の小春をひとりで大坂へいかせるわけにはいかねえ、手伝ってやらなくちゃあって、初めはそういう気持ちでした。それから、大坂へいけるように策をめぐらしているうちに、ああ、そうなんだっていうみたいに、小春が幼馴染だから、可哀想《かわいそう》だから、けなげだからだけじゃなくて、だんだん、本途にだんだん、わかってきたんです。お袋があっしを連れて伊東の文八郎さんと祝言《しゅうげん》をあげたのは、あっしが八歳のときでした。ちょうどそのころ、左十郎さんの使いで伊東にきた小春を見たのが最初です。気恥ずかしくって上手《うま》く言えねえけど、八歳のあっしが見たあのときの小春が、今でもずっと、あっしの物覚えのどこかにいるんです。こういう思いは、あのときからだったんだなって、だんだん、思えてきたんです。市兵衛さん、こういうのって、変ですかね」

「変だが、そう思ったのだから、仕方がないだろう」

「ですよね。仕方がありませんよね」

良一郎は、童子のような無邪気《むじゃき》な笑みを浮かべた。

女が江戸を出るとき、町奉行所の許可の手形が要《い》った。

良一郎は、幼馴染の小春が、大坂の難波新地で姉のお菊が亡くなった知らせを受け大坂へいく決意を知り、小春をけなげに思い、手を貸すことをためらわなかった。知り合いの手づるを頼って、良一郎が小春の亭主であるかのように表向きを装《よそお》い、小春の手形を手に入れてやった。

小春と良一郎は、欠《か》け落《お》ち同然に江戸を出た。

左十郎夫婦が大坂いきを許さず、小春はそうするしかなかった。

良一郎の両親、扇子問屋・伊東の文八郎も母親のお藤も、良一郎のそんな真似《まね》をとんでもないことと、なんとしても止めるに違いなかった。

向こう見ずに、ただひと筋に突き進んでも、まだ十八歳の小春の内心はさぞかし心細かっただろう。

幼馴染が困っているのを見て見ぬふりをするわけにはいかねえ、それじゃあ男がすたるぜと、ともに大坂へと旅だった良一郎の純情を、小春が頼りに思うのは無理からぬなりゆきだった。

にいにい、にいにい……

市兵衛の背中に隣家の蟬の騒ぎが降っている。

「伊東は、どうしても出ないといけないのか」

「文八郎さんは、心の広いお父っつあんですが、これぱっかりは許してくれないと思います。お袋はああいう気だてですから、かんかんに怒って話にならないでしょう。だから、あっしは伊東を出るしかないんです。文六《ぶんろく》親分にはお世話になりましたが、下っ引き稼業じゃあ大した稼《かせ》ぎになりませんから、新しい稼ぎ先を探すつもりです」

文六親分とは、神田紺屋《かんだこんや》町の町方の御用聞《ごようきき》で、歳は六十をすぎていても南北両町方に腕利きとして知られ、しかも人情味があって、町の顔役でもあった。

良一郎の継父の文八郎は、家業に身の入らない良一郎に世間のことを学ばせるため、文六親分に頼んで、良一郎を預けていた。

「わたしも、裁縫《さいほう》の内職で稼ぎます。二人で稼げばなんとかなると思います」

小春が良一郎を庇《かば》って言い添えた。

「だが、そうなると、もうこれまでとは違う。伊東をあてにできないし、左十郎さん夫婦にも頼れない。厳しい渡世の苦しいこと、つらいこと、悔しいこと、恐ろしいこと、みじめなことを二人で受けとめ支え合って、荒波を乗り越えていくんだ。できるんだな」

「できます。こおろぎ長屋のお恒《つね》さんは、ご亭主を亡くされても、裁縫仕事を生《なり》業《わい》にして誰にも頼らず、女手ひとつで子を育て暮らしをたててこられました。わたしは、お恒さんに裁縫を習い、筋がいいと褒《ほ》められました。お恒さんはわたしの師匠です。わたしもお恒さんを見習って、やっていく覚悟をしています」

お恒とは、大坂へ旅だった小春と良一郎と、二人を連れ戻しに追った市兵衛と富平《とみへい》の四人が、三月半余、寝泊りした大坂南堀江《みなみほりえ》のこおろぎ長屋の住人である。お恒は裁縫仕事を生業にして、小春はお恒から裁縫の手ほどきを受けた。

小春はそれを言っている。

「やって見せます。市兵衛さん、あっしは大坂でひと皮剝《む》けました。もうこれまでのあっしじゃあ、ありません。大丈夫です。なあ、小春」

良一郎と小春は顔を見合わせ、頷き合った。

ひと皮剝けましたと、言ってのける少々無分別な軽率さはあっても、良一郎の若さに任せた心意気には、承服するしかない一途《いちず》さが感じられた。

「渋井さんに話すことに、なるぞ」

良一郎は覚悟を決めたように、大きく頷いた。

市兵衛は、渋井鬼三次《きさじ》のしぶ面《づら》を思い出した。なんだと、と渋井の呆《あき》れた声が聞こえてくる気がした。

と、そのとき表戸の腰高障子に人影が差し、戸ごしに声がかかった。

「市兵衛さん、いるかい。いるよね。開けるよ、いいね、市兵衛さん」

腰高障子が隠居の小言のような音をたてて引かれ、矢藤太《やとうた》が顔をのぞかせた。

矢藤太は首をのばし、寄付《よりつ》きと台所の板間の間仕切を開けて見通せる奥の四畳半へ、またいつもの軽い口調を寄こした。

「市兵衛さん、相変わらず暇《ひま》そうでお気の毒さま。友の窮状を放っておけないから、仕事を持ってきたよ」

矢藤太は勝手に寄付きへあがり、つつ、と小商人《こあきんど》ふうな摺足《すりあし》を、蝉の騒ぎが夏の気配をあおっている四畳半へ運んできた。

「おやおや、これは良一郎坊ちゃんじゃありませんか。それになんと、長谷川《はせがわ》町の小町娘・小春ちゃんも一緒だったのかい。こんなところで二人一緒のところを親御さんに見つかったら、叱られますよ」

矢藤太が愉快そうに言った。

良一郎と小春が素知らぬふりを装《よそお》ったのが、かえって矢藤太を面白がらせた。

「矢藤太、二人をからかうな。わたしに聞きたいことがあってきただけだ。仕事を見つけてくれたか」

「はいはい。やっとみつけました。本途にわがままなんだから、市兵衛さんには毎度手を焼かされるよ」

矢藤太は、市兵衛が良一郎と小春に向き合う間をとり持つように着座し、とり出した扇子をぱらぱらと開いて、

「ねえ、良一郎坊ちゃん」

と、せっかちに煽《あお》いだ。

「矢藤太、どんな仕事なんだ」

「慌《あわ》てない、慌てない。市兵衛さんのためを思って持ってきたけれど、まずはその前に、冷えた麦茶でもいただこうかな。市兵衛さんのために、わざわざここまできただけでも汗をかいた。今日も暑くなりそうだ」

「わたしが……」

小春が素早く台所へ立っていった。

「あ、済まないね。小春ちゃんはいい嫁になるよ。ねえ、市兵衛さん」

「そうだな」

市兵衛は首肯《しゅこう》し、良一郎は掃き出しの外へさりげなく目をそむけた。

板塀ごしの隣家の蟬の騒ぎが、いっそう盛んになった。

三

矢藤太の営《いとな》む《宰領屋《さいりようや》》は、神田橋御門外《かんだばしごもんがい》の三河町《みかわ》三丁目にあって、永富町の安左衛門店までは、わずか数町《ちょう》の道のりである。

永富町は、神田市場青物三ヵ町のひとつで、その往来は《土《つち》もの店《だな》》、すなわち土ものの根菜を扱う青物市場で知られている。

安左衛門店は、《土もの店》の往来を新石町《しんこく》の板新道《いたじんみち》のほうへ折れ、十数間《けん》といった北側に路地木戸をかまえていた。

路地の東側に五軒、西側に家主の安左衛門の一軒、瓦葺《かわらぶき》屋根つきの井戸と三軒があって、唐木市兵衛の店は、木戸をくぐって東側の三軒目である。

路地は、北側の藍染《あいぞめ》川の細流でいき止まりになっている。

市兵衛と矢藤太は、安左衛門店を出た。

小路を西の土もの店のほうへとると、土もの店の往来に軒庇を並べるやっちゃばの、まるで喧嘩《けんか》のような相対取引《あいたいとりひき》の声が聞こえてくる。

矢藤太はすかし織の黒羽織に、下は薄鼠《うすねず》に箙文《えびらもん》の小袖を着けて、遊里へいく豪商を思わせる派手さだった。菅笠はかぶらず、綺麗《きれい》に剃《そ》った月代《さかやき》の上に扇子をかざして、厳しい陽射《ひざ》しを防いでいる。

「酒席に出かける豪商のように、今日は貫録十分だ。仕事先はまさか吉原《よしわら》か。それとも芝居《しばい》町か」

市兵衛は矢藤太の拵《こしら》えに、改めて見入った。

「この恰好は、市兵衛さんを引きたてるために考え出した衣装なのさ。どうせ市兵衛さんは、普段の地味な拵えに決まっているから、せめて、口入屋《くちいれや》はこれぐらいじゃなきゃあ、貧乏侍かと相手に見くびられかねないと思ってね」

「貧乏侍を見くびるような相手が、貧乏侍にどんな仕事があるのだ」

「それはいってのお楽しみ」

矢藤太は扇子で市兵衛の肩を、戯《たわむ》れに叩いて勿体《もったい》をつけた。

「矢藤太、わたしは算盤《そろばん》侍だ。なるべくなら、算盤が役にたつ仕事を希《のぞ》んでいる。矢藤太のその扮装《ふんそう》からすると、どうやら、そういう仕事ではなさそうだな。むろん、貧乏侍が選《え》り好みをする気はないが」

「残念ながら、算盤が役にたつかどうかはわからない。じつのところ、おれもどういう仕事か、詳しくは知らないのさ。ただ、相手はかなりの身代《しんだい》の店だ。つまり、金にはなる」

「かなりの身代とは、相手は武家ではないのか。商家か。それとも……」

「それもお楽しみに」

矢藤太はぐらかし、扇子を月代の上にかざして陽射しをさけた。

市兵衛は菅笠の陰に隠れたやや青白い顔を、まっすぐ前へ向けた。

市兵衛の背は、骨太な矢藤太より一寸《すん》半（約四・五センチ）ほど高く、何かしら頼りなさそうな痩軀だった。しかし、それに夏らしい白絣《しろがすり》の単衣《ひとえ》と黒茶味の細袴《ほそばかま》を着け、腰に帯した黒鞘の重々しい大小が、作り物の飾りのように見えた。

菅笠の陰に隠れた、広い額《ひたい》の下のきれ長で奥二重《おくぶたえ》の眼差《まなざ》しは鋭いが、わずかにさがった眉尻《まゆじり》が目つきの鋭さをなだめ、むしろ、この男の顔つきにそこはかとない哀愁《あいしゅう》の陰を落としている。

矢藤太は市兵衛を横目に見て、くすくす笑いを投げた。

「なんだ。何かおかしいか」

市兵衛は矢藤太のくすくす笑いに、頰や額に掌《てのひら》をあて、身形《みなり》を見直した。

「大丈夫。質素だが、身形はちゃんとしてる。市兵衛さんを見たら、相手も安心するよ」

市兵衛は、ふむ、と純朴に頷き、夏の陽射しの下をはずむように歩んでいく。

なるほど、市兵衛さんは優しくていい男なのに女に持てないのは、あたしじゃ手に負えないって女に思わせるんだろうな、と矢藤太はおかしくてならない。

二人は、土もの店の賑やかな往来に出て、南へ曲がった。

土もの店から南へ、鎌倉横町《かまくら》、鎌倉町と抜け、江戸城本丸下大名小路の石垣と白壁が、紺青《こんじよう》の濠《ほり》ごしに威容《いよう》をつらねる道幅十間（約一八メートル）の鎌倉河岸《がし》に出た。

白壁の上に青々と繁《しげ》る松林で、蝉のざわめきが遠い潮騒《しおさい》のように聞こえる。

河岸場の船泊《ふなどまり》には荷船が何十艘《そう》も舫《もや》い、袖なしと下帯だけの軽子《かるこ》らが威勢のいい声を投げ合って、船荷の樽《たる》をおろしたり積んだりしていた。

「市兵衛さん、ちょうどいい。あの船でいこう」

神田堀に架かる竜閑橋《りゆうかんばし》北詰の船寄せに、たった今茶船が着いて、数人の客が板橋にあがっているところだった。

「遠いのか」

「京橋《きようばし》までだけど、このお天道《てんと》さまの下を京橋まで歩いて、汗だくになるのは願い下げさ。おおい、船頭さん、頼めるかい」

と、矢藤太は船頭へ呼びかけ、河岸場の雁木《がんぎ》を走りおりていった。

市兵衛と矢藤太のほかに、京橋の先の新橋《しんばし》まで、大きな風呂敷《ふろしき》包みを背負ったお店者と小僧の二人が乗りこんで、茶船は竜閑橋の船寄せをゆったりと離れた。

お店者と小僧は、胴船梁《どうふなばり》より前のさなに坐り、市兵衛と矢藤太は胴船梁の後ろの左右の船縁《ふなべり》に分かれた。

艫《とも》の船頭は棹《さお》をすぐに櫓《ろ》に持ち替え、櫓床に櫓を軋《きし》らせた。

矢藤太は小縁に片肘《かたひじ》を乗せ、月代の上にかざした扇子の縁から、眩《まぶ》しそうに空を見あげていた。

茶船は曲輪《くるわ》の石垣に沿って、本丸下から西丸下の曲輪内の松林で蟬のざわめきが途ぎれなく波打つ濠を、漕《こ》ぎ進んでいった。すると、

「だからと言ってさ、市兵衛さん」

と、矢藤太が出し抜けに声をかけた。

「相手の話を聞いて、気が進まなければ断ってもかまわないんだぜ。無理に請《う》けなくても、いいんだぜ」

矢藤太は、さっきの続きを言ったのだった。

「矢藤太らしくないな。相手はかなりの身代で、金になるんだろう。算盤が役にたたなくとも、わたしは請ける気でいる。それとも、じつのところは胡乱《うろん》な仕事と知っているのか」

「そうじゃねえ。本途に詳しい話はおれもまだ聞いていない。ただし、この仕事はちょっと厄介《やっかい》な事情に市兵衛さんを巻きこみそうな、嫌な予感がするのさ」

「わかりやすく言ってくれ」

矢藤太は船縁から市兵衛のほうへ擦り寄り、「いいかい」と小声になった。

市兵衛も船縁から矢藤太のほうへ、場所をずらした。

「市兵衛さんに声をかけたのは、ほかでもねえ。相手は、唐木市兵衛を、と市兵衛さんを端《はな》から名指しだったのさ」

「相手はわたしを知っているのか。なぜそれを言わなかった」

「だから今、言っただろう」

「相手は」

「銀座《ぎんざ》町で両替屋を営む《近江屋《おうみや》》だ。市兵衛さんなら知ってると思うが、本両替の大店だぜ。金の臭いがぷんぷんする。おれは相手の身代に目が眩《くら》んだ。仕事の詳細はおいて、承知しましたと返答したってわけだ。市兵衛さん、近江屋に心あたりがあるかい」

「両替商の近江屋は聞いたことがある。それだけだ」

「知り合いの知り合いを通してとか、そのまた知り合いが近江屋の縁者だとか、それらしい人物は思いあたらないかい」

市兵衛は首をかしげた。

船は呉服橋《ごふくばし》をくぐり、鍛冶橋《かじばし》のほうへと漕ぎ進んでいた。日本橋《にほんばし》南の土手の柳並木が、陽射しの下で青々と葉を繁らせ、川風が水面をきっていく。

「矢藤太、相手が大店の両替商というだけで嫌な予感がするわけではなかろう。何も訊かずに承知しましたと言うのは、抜け目のない矢藤太らしくないぞ」

市兵衛は気になった。

「まあな。この話は市兵衛さんが近江屋から直《じか》に聞いて、請けるか請けねえかを決めたらいいと思ったのさ。嫌な予感というのは、ちょいと言葉足らずだ。なんと言うか、ひと筋縄ではいかなそうな、わけありの気がしてならないというか、そんな感じだ」

「近江屋がなぜわたしを名指ししたか、訊かなかったのか。近江屋の誰が、わたしを名指ししたのだ」

「近江屋の主人だ。今朝早く、近江屋の主人の使いがうちへ訪ねてきて、唐木市兵衛さまを、と名指ししたうえで、口入の周旋《しゅうせん》を頼まれた。むろん、わざわざ市兵衛さんを名指しして、どんな仕事の依頼なのか訊いた。すると使いが言うには、それは少々こみ入っており主人が市兵衛さんに直に話すので、今日の朝四ツ（午前十時頃）、市兵衛さん同道で近江屋におこし願いたい、と呼びつけやがる。近江屋と言えば吃驚《びっくり》するぐらいの大店だ。向こうは口入屋ごとき二つ返事で承知すると思っている横柄な素ぶりだから、唐木さまは斯《か》く斯く云々《しかじか》の算盤仕事を請けてこられ、近江屋さんほどの両替屋さんのお役にたつ算盤仕事の見当がつきかねます、でございますので、依頼する内容をある程度は承知しておきませんことには、唐木さまにお声をかけるわけにはまいりませんが、と言ってやった」

「近江屋の身代に、目が眩んでいたのにか」

「よせよ。相手が大店だからって、唐木市兵衛を安売りはしないよと、ぐっと我慢したんだぜ。そしたら、使いは両替屋が算盤のできる者を口入屋ごときに周旋を頼むわけがないという横柄な素ぶりをくずさず、自分はただの使いで子細は知らされていないが、人捜しかそれに類するような頼みではないかと思うと言った。人捜しがなぜ唐木さまなのでございますか、ほかの者ではだめなのでございますか、一体どういう人捜しなのでございますか、と食いさがったら、だから、詳しいことは近江屋を訪ねて主人に直に聞けばわかると、押し問答みたいになった。そこで、押し問答を続けて使いを呆れさせるのもなんだし、いい加減にきりあげて、承知いたしましたと言いかけたところが、使いのほうが気にかけて、もしかしたら、と言ったのさ」

市兵衛は、矢藤太の横顔に向いた。

「先だって、永富町三丁目の滝次郎店で、身寄りのない男の亡骸が見つかった話を聞いているかい。十吉郎という爺さんだ。滝次郎店は、市兵衛さんの店の近所じゃないか」

「藍染川を挟んだ北側だ。小雨の降る日だったな。あの日は、安左衛門さんが自身番の当番だったんだ。十吉郎という男は知らないが、多町の青物問屋に雇われていた荷車引きだったと、安左衛門さんに聞いた」

「もしかしたらと使いが言うには、市兵衛さんの依頼の内容が、十吉郎という仏の身寄り捜しか、仏にかかり合いのある何かの調べかもしれないのさ。仏の身寄りのことで、先だって、近江屋にも人が訪ねてきたらしい」

「町家の裏店で身寄りも知れず亡くなった荷車引きの男と、銀座町の大店両替商の主人に、何かかかり合いがあるのか」

「さあね。使いは、ただの推量だと、市兵衛さんの依頼とはかかわりのないことかもしれませんが、ととりつくろっていたけどね」

「安左衛門さんから、仏はどうやら元は武士らしいとも聞いた。遺《のこ》した荷物の中に、黒鞘の錆びた大小が見つかったのだ。たぶん、仏の物だろう。仏の身寄り捜しに、だいぶ手間がかかったようだ」

「おれが聞いてるのは、仏は多町の青物問屋の荷車引きに雇われる前は、本所の八郎兵衛の下で常浚いをやっていたはずだ。その前は、どうやら旅暮らしの渡世人だったとか。歳をとって旅暮らしはきついからな。素性《すじょう》を隠して江戸へ流れてきて、常浚いに荷車引きをやって生き延びてきたんだろうが。で、仏の身寄り捜しで、誰か見つかったのかい」

「あれからは安左衛門さんに何も聞かないので、見つかっていないと思う。大小は赤錆びたうえに、刃こぼれもだいぶあったらしい。ただし家主の滝次郎は、仏から生まれは武州の村と聞かされていたようだ。武州の村の生まれなら、おそらく百姓だろう。元は百姓か武士か、素性を隠すわけがあったのかもな」

「元は武士だろうと百姓だろうと、身寄りのない年寄が裏店で誰にも看《み》とられず息を引きとっていたなんて話は、珍しくもなんともない。そこら中にある話さ。この広い江戸で、そんなことを一々気にして暮らしていられないよ。これはやっぱり、近江屋の使いの勝手な推量だな。銀座町の大店の主人と、裏店の荷車引きの爺さんとじゃあ、いくらなんでも違いすぎるぜ。市兵衛さんに頼む仕事にかかり合いがあるわけねえ」

矢藤太は、ゆるゆると扇子を煽いで、また空を仰いだ。

「そうだな。珍しくもなんともないな……」

市兵衛はぽつりと呟《つぶや》き、濠の水面へ目を投げた。

茶船は鍛冶橋をすぎ、ほどなく、京橋川へ分流する比丘尼橋《びくにばし》をくぐった。

四

京橋南の銀座町、すなわち新両替町《しんりようがえ》二丁目の大通りに、両替商の近江屋の大店があった。総二階の土蔵造りで、両替屋の分銅形の看板が、広い間口の軒庇に吊《つ》るされ、濃紺の長暖簾《ながのれん》が出入口に粛然《しゆくぜん》とさがっていた。

近江屋の主人の住居は、敷地内の別棟になっていた。

表店の裏手の内塀に囲まれた、これも豪勢な二階家で、店表とは妻戸を閉《た》てた通り庭で結ばれていた。

近江屋を訪ねると、店の者は市兵衛と矢藤太の訪問を承知していて、すぐに小僧の案内で通り庭の妻戸をくぐり、裏手の住居へ導かれた。

住居に玄関式台はないが、広い三和土《たたき》の土間続きに沓脱《くつぬぎ》と寄付きがあり、そこからは中働きの女が小僧に代わって案内に立った。

市兵衛と矢藤太は十畳ほどの客座敷に通された。

客座敷は、庭に面して東側と南側に濡れ縁が鉤形《かぎがた》に廻《めぐ》り、明障子《あかりしょうじ》を両開きに開け放った明るい部屋だった。

次の間と廊下側は、黒塗り枠《わく》と月文字《つきもじ》をくずした引手《ひきて》に狛犬《こまいぬ》を描いた文様紙の襖《ふすま》が閉《た》ててあり、鴨居《かもい》の上の鳳《おおとり》を彫った欄間《らんま》、木目の美しい杉板の鏡天井、部屋の一角に違い棚があって、そこにも花鳥画をあしらった小襖を閉て、棚の花活《はない》けに、桔梗《ききょう》が涼し気な紫の花を咲かせていた。

東と南の庭は砂礫《されき》を敷きつめ、石組みの枯山水《かれさんすい》になっていた。

釣燈籠《つりどうろう》をさげた広い縁庇《えんびさし》が、明障子をあけ放った客座敷にまで射す天道を、まだ午前の青い影で防いでいた。

客座敷は静かで、店表の賑わいも周囲の隣家からも物音ひとつ聞こえず、どこかで騒ぐ蝉の声が静寂に染みているばかりだった。

開け放たれた清涼感が、座敷と庭に流れていた。

中働きの女が、茶菓を運んできた。

矢藤太は香りのいい煎茶を一服しながら、座敷をにやにやと見廻し、庭へ目を遊ばせた。

「さすが、お金持ちのお店の普請は、おれたち下々とは比べものにならないな。品のいい贅《ぜい》を隙なく凝らしているって感じだ。欄間も天井も、それから庭の枯山水も金がかかってるぜ」

「金の臭いが、ぷんぷんするか」

市兵衛がひやかすと、矢藤太は自分でもおかしそうに、

「する」

と言った。

そのとき、枯山水の砂礫をやわらかく鳴らし、黒羽織の一個の侍風体《ふうてい》が、舞台のそでから登場する役者のごとくに、ゆっくりと庭へ歩み出てきた。

市兵衛と矢藤太は、あ？　と目を合わせ、茶碗《ちゃわん》の手を止めた。

黒羽織は、人がいることを気づいていないかのように座敷へ背中を向け、手を後ろ手に組み、蟬の声のする景色を眺めた。それから、やおら座敷のほうへふりかえり、細縞の袴の膝に両手をあて、市兵衛と矢藤太に黙礼を寄こした。

市兵衛と矢藤太は茶碗をおき、庭の侍へ黙礼をかえした。

黙礼をなおした侍は、腰の大刀をはずして濡れ縁の沓脱を踏み、大刀を右手に持ち替えながら濡れ縁にあがった。中背の年配の侍だった。ゆるやかな歩みを座敷へ進めて、市兵衛と矢藤太に相対する場所に袴を払って端座した。

侍は大刀を右わきに寝かし、一旦、畳へ落とした目をあげ、二人へ冷やかな薄い頰笑《ほほえ》みを向けた。

「いきなりのご無礼をお許し願いたい。正田昌常《しょうだまさつね》と申します。宰領屋のご主人の矢藤太どの、こちらが唐木市兵衛どのでござるな」

市兵衛と矢藤太は、沈黙のまま辞儀をした。

「近江屋の主《あるじ》・隆明どのと季枝どのは、ほどなく参られるゆえ、今少々お待ち願います。それがしは、近江屋さんとは以前より懇意にいたしており、じつは、本日のお二方との面談に同座いたすことになっております」

「へえ、さようでございますか」

矢藤太が、言葉つきを恭《うやうや》しくして応じた。

正田は矢藤太に頷いたが、冷やかな薄い頰笑みは市兵衛へ向けていた。綺麗に整えた髪に白い物が目だった。顎骨の張った血色のよい赤ら顔が大きく、端座すると大柄に見えた。歳のころは五十二、三。人慣れた様子に貫禄があった。

「と申しますのは、宰領屋さんに唐木市兵衛どのの口入を頼むよう、近江屋のご主人に推薦いたしたのは、それがしなのです。推薦をいたしながら、唐木どのとお会いいたすのは初めてゆえ、いかなる御仁《ごじん》かと、お目にかかりたい気持ちを抑えきれず、このようなふる舞いをいたしました。ご無礼の段、何とぞ大目にみていただきたい」

「そりゃあもう、あっしも唐木さまも、決して堅苦しい人間じゃあ、ございません。どうぞお気になさらずに。ですよね、唐木さま」

矢藤太がこたえ、市兵衛は正田へ、軽く頰笑んだ。そして、正田の背後の、次の間との閉じた間仕切へ、さりげなく目をやった。

次の間に人がいて、間仕切ごしにこちらの様子をうかがっている気配がした。

「唐木どのは、矢藤太どのの周旋により、お旗本衆などの臨時の用人《ようにん》役に雇われて、台所の総勘定《かんじょう》を請け負うておられるのですな。うかがったところによりますと、唐木どのは確か、名門のお旗本の生まれで、本来ならば、御公儀の重きお役目に就《つ》く一門であるにもかかわらず、そうなさらなかった。名門のお旗本の家を出られ、浪々の身となられた。しかも、一門の姓を捨て、唐木市兵衛と名乗っておられる。何ゆえでござるか」

「よく、お調べのようですね」

「近江屋のご主人に唐木どのを推薦するについては、いかなる御仁かを、それがしなりに承知しておきたいと思いましてな。唐木どののお生まれが、諏訪坂《すわざか》に拝領屋敷のござる旗本の片岡《かたおか》家にて、片岡家のただ今のご当主は片岡信正《のぶまさ》さま。御公儀《こうぎ》十人目付《じゅうにんめつけ》筆頭のお役目に就《つ》いておられる。さようではござらぬか」

「片岡信正は長兄です。他家に養子縁組をした次兄と嫁いで家を出た長姉がおります。わたしと三人の兄姉とは母親が違います。唐木の姓は、わが母方の姓、すなわち、わが祖父の姓です。わたしは十三歳のとき、片岡家を出て唐木市兵衛となりました」

「ほう、十三歳で。すると、片岡家を出られた謂《いわ》れには、お母上の里の唐木家に何かのかかり合いがあったゆえなのでござるか」

市兵衛は思わず、からからと笑った。

矢藤太は唇を尖《とが》らし、ふん、と鼻を鳴らしてにやついた。

「正田どの、わたしが片岡家を出たことに、他人に話して聞かせるほどの事情はありません。思い通りに、わがままに生きるために、片岡家を出たのではありません。しかしながら、わたしがそうしなければと思い、そうすると決心し、そうしたわけを話しても、退屈なさるだけです」

「仰っている意味が、わかりませんな」

市兵衛は、笑みを絶やさずこたえた。

「簡単なことです。わたしは、譜代の家宰《かさい》をおく余裕のないお旗本衆に臨時の用人役に雇われ、台所勘定をたて直すだけの仕事を請けております。算盤勘定ができ、お出入りの商人と応談できる才覚があれば、どなたにでも務まる役目です。渡り用人と呼ばれ、すなわち、渡りで雇われている間は、武士でない者でも二本差しの体裁を整えていれば、差し支えありません。近江屋さんが宰領屋さんに、身分家柄の確かな武士の口入をお希みなら、身分なき浪人者のわたしでは相応《ふさわ》しくありません。近江屋さんにお会いいたす前に、退散したほうがよろしいかと思うのです」

「近江屋さんが、それを希んでおられるのではありません。申しましたように、唐木どのを近江屋さんに推薦をいたしながら初めてお会いいたすゆえ、つい、人物人柄、身元の詮索染《せんさくじ》みたお訊《たず》ねをいたしました。何とぞ、無礼をお許し願いたい。かく申すそれがしも、身分なき浪人者でござる。御公儀のお役目に就かれている方々や、大名家の江戸屋敷に勤番なされている方々に、いく人かの知己《ちき》はござる。さりながら、それがしが侍奉公をいたしたことは一度もござらん。ただ、そういう方々を存じあげている。それだけでござる。それしきの者が、御公儀高官の方々ですら平伏《ひれふ》すほどの近江屋さんの居宅にて、何ゆえこのように勝手なふる舞いをしておるのか、さぞかし、ご不審でしょうな」

　正田は人慣れた顔つきを市兵衛へ向け、束の間をおいた。

「唐木どのは、権門師《けんもんし》とか御内談師《おないだんし》、と呼ばれる者がおることはご存じか」

「はい」

　市兵衛がこたえ、正田は満足そうに頷いた。

「昨今のお旗本衆の多くは、家禄だけでは窮乏著《いちじる》しく、加給の職俸が得られる官職を求めて、権門師や御内談師の顔の広いつながりをあてに、相談に見える方々がおられます。権門師や御内談師は、お旗本衆が希む官職に就かれるよう、表だってではなく、陰ながら様々なお手伝いをしておるのです。唐木どのほどの御仁なら、権門師や御内談師に相談なされば、幕府の要職とは申さぬが、人品骨柄相応のお役目に就くぐらいの口利きができると思いますぞ。あいや、お旗本衆の臨時の用人奉公を軽んじて言うのではありませんぞ」

正田は矢藤太へ、にんまりとした顔を向けて言った。

「するってえと、正田さまは権門師とか、御内談師というご身分のお方なんでございますか」

矢藤太が苦笑をかえして言った。

「ご身分と言われる身分ではありませんが、有体《ありてい》に申しますと、そういうことでござる。ただし、あの油断のならぬ者らかと、少々軽んじて申される方々も中にはおりますので」

権門師、御内談師は、旗本などが御公儀の加俸を得られる官職に就くために、幕府の高官に口利きを行い、口利きの謝礼をとった。むろん、口利きに手を貸した高官の側にも礼金がわたる。

「そのような仕事柄、様々な方々との縁故がございましてな。近江屋さんとも、さるお旗本を介してご先代にお近づきになって、それ以来、親しくさせていただいておるのでござる。そう、もうかれこれ十年ほどになりますかな」

「正田どの、わたしでよろしければ、近江屋さんの依頼の内容をお聞かせ願います。近江屋さんが、次の間でお待ちなのではありませんか」

市兵衛は、正田の後ろの間仕切を見つめて言った。

正田は軽く膝を打った。そして、老練な笑みを市兵衛にかえした。

「さすが、お気づきでしたか。ご主人の隆明どのとご母堂《ぼどう》の季枝さまが、次の間に控えておられます。さきほど申しましたように、近江屋さんのご主人に唐木どのを推薦いたしたのはそれがしゆえ、まずは、それがしが唐木どののお人柄を確かめたのちにと、隆明どのと季枝さまに申したのでござる」

「正田さま、唐木さまのことは、どなたから聞かれたんでございますか」

矢藤太が口を挟んだ。

「半月ほど前、わが年来の仲間よりの知らせがあったのでござる。唐木どのが、人品骨柄卑しからず。また、抜群の剣の腕、優れた知力、のみならず、交わした約束を守る強い意志を失わぬ信頼のおける御仁と。矢藤太どの、お気を悪くなさらぬよう、重ねてお願いしますぞ。わが仲間は、唐木どのが宰領屋さんの口入で旗本衆の台所勘定をたてなおす渡り用人の勤めに甘んじておられるのは、まことに惜しい、是非ともわれらの仲間に加え、もっと重き役目を請けさせたいとも、知らせに書き添えておりました。近江屋さんのご主人より、と申しますか、ご主人とご母堂の季枝さまよりこのたびの依頼の相談を受けた折り、誰にと思案しても相応《ふさわ》しい人物が思いつかず、ふと、わが仲間より知らせのあった唐木どのに頼んでもよいのではないかと、思いたったのでござる」

「そりゃあもう、唐木さまなら間違いはございません。宰領屋の矢藤太、自信を持って申しあげることができます。ですが、その知らせを寄こした年来のお仲間は、どちらのお方なんで？」

正田は市兵衛と目を合わせ、凝《じ》っと見つめて言った。

「唐木どのはすでに、察しておられるようですな。わが仲間はただ今、大坂におります。小坂伊平《こさかいへい》と申し、大坂東町奉行・彦坂和泉守《ひこさかいずみのかみ》さまに一季居《いっきお》りの武家奉公人として仕えております。江戸の旗本が諸国の代官所や奉行所へ赴任なさる折り、任地に従える家来衆を集めるのは、小坂伊平のような武家奉公人が引き受けるのでござる。武家の台所事情が苦しいこのご時世、いかに高官の旗本と言えど、江戸と任地の両方の屋敷に家来衆を抱えるのはむずかしい。ゆえに、小坂伊平のような、そのお役目に就いているとき限りの、臨時の武家奉公人が求められる。小坂伊平を渡り用人とも言い、和泉守さまに口入いたしたのはそれがしでござる。矢藤太どのと同じでござるな」

「ああ、渡り用人ですか。するってえと、大坂東町奉行さまの武家奉公人の小坂伊平さまを、唐木さまは存じあげているってわけですね」

矢藤太は市兵衛に言った。

「大坂にいたとき、小坂伊平どのの配下の家来衆と少々もめ事があった。それを収めるため、小坂どのと一度、お会いしたことがある」

「もめ事があった？　なら、もめ事を起こしたのは良一郎じゃありませんか。良一郎は父親に似て、そそっかしいところがありますからね」

「そうではない。しかし、経緯を話すと長くなる」

「ふうむ。で、もめ事を収めるために小坂伊平さまに会ったのは、一度だけなんですかい」

「一度だけだ」

「唐木どのは一度だけでも、小坂伊平のほうは、いろいろ手をつくして唐木どのの身辺を調べたようでござるぞ。それがしも、小坂よりの知らせを受け、唐木どのがどのような御仁かを、調べさせていただいた。なぜなら、このたびの近江屋さんの依頼の中身がきわめて微妙な事柄で、それ相応の信用のおける人物でなければ務めるのがむずかしいと思われるのです」

「唐木さまの姿形を初めてご覧になって、いかがでございましたか」

矢藤太が言った。

「近江屋さんに唐木どのを推薦いたしたことは間違いではなかったと、確信いたした。唐木どのは、四十一歳とうかがった。人間、四十をすぎれば、覚悟、責任感、誠意信念、そして思いやりが身について、それが姿形に現れているものでござる。それが身についておらぬ者には、務まらぬ仕事ゆえ」

「正田どの、近江屋さんの話をうかがいます」

「ふむ。くどくどと、埒《らち》もない話になってしまいました。いい加減にせねば。隆明どの、季枝さま、よろしいか」

正田は次の間との間仕切へ見かえり、声をかけた。

次の間に控えていた人の、動く気配がした。

すぐに間仕切の襖が引かれ、仕たてのよい杢目《もくめ》文《もん》の絽《ろ》羽織を着けた三十すぎに見える、近江屋ほどの大店を率いるにはまだ若い主人と、丸髷に白髪が混じってはいるが、藍地に麻葉の小紋を淡く抜いた装いの、いかにも大店の上品そうな刀《と》自《じ》が、言葉はなく、静かに入ってきた。

主人と刀自は、正田に並んで着座し、市兵衛と矢藤太に丁寧な辞儀をした。

「近江屋の隆明でございます」

隆明がやや昂《たかぶ》った甲高《かんだか》い声で言った。続いて季枝が、

「隆明の母、季枝でございます。わたくしどもの都合により、ご足労を煩《わずら》わせ、お詫《わ》び申しあげます」

と、低く落ち着いた声で言った。

矢藤太と市兵衛は名乗り、辞儀をかえした。

「本日は、宰領屋に口入のご用命をいただき、ありがとうございます。近江屋さんのご依頼の向きを、おうかがいいたします」

矢藤太が畏《かしこ》まって言葉を継いだ。

近江屋の若き主人の隆明は、やおら頭をあげ、ためらいがちな眼差しを、市兵衛と矢藤太との間の宙へ泳がせた。

一方の刀自の季枝は、市兵衛の目に映る自分の姿を確かめるかのように、黒目がちな愁いのにじむ眼差しを、市兵衛に凝っと向けてきた。色白の目元に細かな

皺《しわ》が歳月を刻み、薄い染みが散っていた。

しかし、若き日の器量のよい面影は、まだ十分に偲《しの》ばれた。

さぞかし美しい町娘だったのだろうと、市兵衛は思った。

町家の蟬の騒ぎが聞こえ、座敷の沈黙を乱していた。

五

その日の夕方、市兵衛は諏訪坂の兄・片岡信正の拝領屋敷を訪ねた。

諏訪坂の西側に、紀伊《きい》家中屋敷の土塀が坂下の赤坂御門《あかさかごもん》内まで白い大蛇のように続き、坂を挟んで高禄の旗本の拝領屋敷が土塀と長屋門をつらねる一角に、公儀十人目付筆頭格・片岡信正の屋敷が長屋門をかまえている。

市兵衛が片岡家を訪ねた夕方の刻限、紀伊家中屋敷の樹林で蟬が騒ぎ、鬱蒼《うっそう》と繁る葉影を諏訪坂に落としていた。

片岡家を継いだ長兄の片岡信正は、市兵衛とは十五歳離れ、今年五十六歳である。一昨年、奥方の佐波《さなみ》が四十をすぎて産んだ片岡家跡継ぎの信之助《しんのすけ》も、三歳になった。

信之助は、赤ん坊のときから市兵衛によく笑いかけ、近ごろは母親の佐波を真《ま》似《ね》て畳に手をつき、「叔父上《おじうえ》、おいでなさいませ」と、たどたどしくながら、挨拶ができるようになった。

父親の信正よりも、母親の佐波似である。

奥方の佐波は、近ごろ少しふっくらとしてきた。

佐波は、武家の出ではない。

佐波の父親静観《せいかん》は、鎌倉河岸で京料理の料理屋《薄墨《うすずみ》》を営む料理人である。

佐波が、父親の静観とともに京をあとにして江戸へ下ったのは、十五歳か十六歳のときだった。気むずかしい料理人の静観をよく扶《たす》け、年若い女将《おかみ》として、父親の開いた薄墨をきり盛りしていた。

薄墨は初め、優しい笑顔の美しい若い女将の佐波が、界隈《かいわい》で評判になった料理屋だった。

信正は二十九歳のとき、薄墨の客になった。信正と佐波は、互いに魅《ひ》かれ合った。二人が理《わり》ない仲になるのに、長いときも多くの言葉もいらなかった。

そのときすでに、家禄千五百石の旗本・片岡家の当主であり、御公儀目付役に就いていた信正は、妻はなく独り身だった。早く奥方を迎えて跡継ぎを、と周りから言われていた。

しかし、佐波と理ない仲になった信正は奥方を迎えなかった。周囲は、当主の信正が奥方を迎えぬため、片岡家はどうなるのだと心配した。

「おぬし、このまま片岡家を潰す気か」

親類の年寄りに言われても、信正はにっこりと頬笑み、

「必ずしもわが子でなくとも、片岡家を継いでくれる者はおるでしょう」

と、あまり意に介するふうはなかった。

信正と佐波の間には、身分の違いという大きな川が横たわっていた。佐波はその川を渡らなければならなかった。渡るのをためらい日陰の身に甘んじたのは、佐波自身だった。

だが、京より江戸へ下り、十五、十六だった佐波が、長い歳月をへて四十歳に手が届いた秋の初め、信正の子を身籠《みごも》った。年が明けた春、佐波は寄合小普請・橘《たちばな》龍之介《りゅうのすけ》の養女となって、橘家より片岡家へ嫁いだのだった。

そうして、信之助が生まれた。

「市兵衛さん、おいでなさい」

片岡家の奥方になってからも、薄墨の女将のときと変わらぬ優しい笑顔で、佐

波は市兵衛を迎えてくれる。

信正はまだ下城しておらず、市兵衛は三歳の信之助と、いつも通る居室で江戸絵の彩色された道中双六《どうちゆうすごろく》に興じた。四半刻《しはんとき》ほどがたち、表玄関の敷石に馬が蹄《ひづめ》の音をたてていななき、「殿さまのお戻り」の、供の声が聞こえた。

市兵衛と信之助は道中双六を片づけ、玄関の間へ出て信正を出迎えた。

武家の奥方は表玄関には出ないものだが、佐波は信之助がよちよち歩きを始めてから、信之助と玄関の間に出て信正の送り迎えをするようになっていた。

玄関の間にいくと、長屋門の屋根を茜《あかね》色に燃える空が覆っていた。

使用人や奉公人が主人を出迎え、黒紺の裃《かみしも》に正装した信正は馬上よりおりた。岩塊のような体軀に黒羽織と細縞の袴を着け、鐺《こじり》が敷石につきそうなほど長い大刀を帯びた、小人《こびと》目付の返弥陀ノ介《かえりみだのすけ》が信正の傍らに従っていた。

玄関の間に、佐波と信之助が並んで手をついた。

「お戻りなされませ」

「父上、お戻りなされませ」

佐波を真似て、信之助が小さな玩具のような手をついてたどたどしく言うと、

「戻ったぞ。信之助、おいで」

と、信正は式台の前で信之助を呼んだ。

信之助は式台へすべりおり、信正の大きな腕の中へ飛びこんでいく。

「昨日よりまた重くなった。えらいぞ」

信正は嬉《うれ》しそうな笑みを浮かべ、信之助から目を離さない。

「兄上、お戻りなされませ」

佐波と信之助の後ろに着座していた市兵衛が、信正に言った。

「おう、市兵衛、いたか」

信正が市兵衛に気づき、気楽な口調で言った。

玄関先の槍持《やりも》ちや御用箱《ごようばこ》持ち、馬の轡《くつわ》をとる中間《ちゆうげん》らに指示を与えていた弥陀ノ介が、玄関の間に着座している市兵衛へふりかえった。

大きな才槌《さいづち》頭《あたま》に髪を引っつめ小さな飾りのような髷を乗せ、太い眉の下のくぼんだ眼窩《がんか》の底に大きな目を光らせ、市兵衛をぎょろりと睨みつけた。

そして、胡坐《あぐら》をかいた太い獅子鼻《ししばな》をひくひくうごめかし、顔いっぱいに裂けた分厚い唇の間より瓦《かわら》をも嚙《か》み砕きそうな白い歯を見せ、よう、という素ぶりを市兵衛に寄こした。

「弥陀ノ介、久しぶりに市兵衛がきたのだ。おぬしも少し寄っていけ」

信正が弥陀ノ助へ見かえって言った。

「はい、このまますげなく帰るのも気が引けます。では奥方さま、少々、お邪魔いたします」

「承知いたしました。どうぞ、ごゆるりと」

「弥陀ノ介、女房どのに叱られるのではないか」

市兵衛は弥陀ノ介に声をかけた。

弥陀ノ介には、青《せい》という唐《から》よりゆえあって渡ってきた女房がいて、二人の間には二歳になる女の子もいる。青は、身の丈五尺（約一五〇センチ）余の弥陀ノ介より四寸（約一二センチ）ほど上背があって、岩塊のようにごつい弥陀ノ介とは違う鞭《むち》のようにしなやかな痩軀だが、気性が激しかった。

市兵衛はそれをからかったのだ。

「叱られる。あれが怒ると手がつけられんのだ。だが、せっかく市兵衛がきたのだ。たまにはよい。子の前では喧嘩もできぬし、家の仕事をいろいろしてやるとすぐに機嫌がなおる」

「お優しいご亭主なのですね」

佐波が言い、

っと笑った。

「なに、そのように飼い馴《な》らされたのでござる」

と弥陀ノ介が開けっ広げにこたえ、あはっ、と笑ったので、玄関先のみなもどっと笑った。

宵闇《よいやみ》が庭におり、石燈籠に入れた火が、庭の灌木《かんぼく》や木々を、暗がりの中にぼうっと浮かべている。障子戸を両開きに開いた縁側のほうから、昼間の暑さのやわらいだ涼風が居室に流れてきた。

涼やかな夜風とともに、縁側で焚《た》いた蚊遣《かや》りの薄い煙が、居室の二灯の行灯《あんどん》の明かりと戯《たわむ》れゆれていた。

信正の左右に市兵衛と弥陀ノ介が向かい合って、酒が進んでいた。

三人の前の膳《ぜん》には、汁や香の物、指味《さしみ》や和《あ》え物、煮物、焼物の鉢や皿、猪口《ちょこ》、ふた茶碗が並び、提子《ひさげ》のぬるい燗《かん》酒が芳香を燻《くゆ》らせている。

市兵衛は続けた。

「二十五年前、川越藩山方役の堤連三郎は上意討ちの手を逃れ、若い妻と幼い倅《せがれ》を城下の屋敷に残して逐電《ちくでん》したのです。連三郎の逐電ののち、堤家の改易が命ぜられました。妻と倅は領内の里に戻ることはできました。しかし、妻はそれを望まず、幼い倅の手を引き江戸へ出たのです。そして、江戸へ出たのち縁があって、妻は倅を連れて銀座町の両替商・近江屋の先代の後添《のちぞ》いとなりました。三年前、先代が亡くなり、倅が江戸屈指の大店両替商を継ぎました。すなわち、連三郎の妻が近江屋の刀自・季枝、連三郎の血を引く倅が近江屋の主人・隆明なのです」

「ほう、そういうことか」

「一方の連三郎は、江戸の町家の裏店で人知れず仏になっていたか。まさに、数奇な廻り合わせだな」

　弥陀ノ介が呟いた。

「それで、荷車引きの十吉郎を元川越藩士の堤連三郎と知った侍が、松平大和守家の上屋敷にいたのだな」

　信正が杯を手にして言った。

「はい。その侍は、二十五年も前に山方役の見習いで出仕し始めたころ、堤連三郎より懇切丁寧な指導を受け、自分も堤連三郎のように仕事のできる山方役に早くならなければと、思っていた。城下の南の新田町や通町《とおりまち》には、徒士組《かちぐみ》や足軽の組屋敷などのほかに、地侍の屋敷も多く集められており、堤連三郎の拝領屋敷は新田町にあって、組頭の伝言を堤連三郎の屋敷まで届けにいったことも、しばしばあったようです。身分の低い地侍ではあっても、堤家は領主が秋元家であった享保の世から五代続いて山方役に就き、入間《いるま》、高麗《こま》、足立《あだち》、比企、秩父そのほか、領内の田畑や河川山地を知悉《ちしつ》し、武州の野山のことは堤家に訊ねよ、と言われていたほどなのです。よって、家中の地侍は申すに及ばず、当代の松平大和守家の家臣らも堤家には一目おき、見習いだったその侍自身も、敬意を抱いておりました。それが、二十五年前の夏、当主の不興を買って上意討ちに遭い、堤家は改易を申しつけられ、一族はばらばらになったのです。侍は十三か四の見習いの少年でしたから、堤連三郎の上意討ちと堤家の改易という尋常ならざる事態を目のあたりにし、鮮明に堤連三郎の姿形を覚えていたのでしょう」

市兵衛はこたえた。

「二十五年前の寛政十二年（一八〇〇）だと、わたしが三十一歳の年だ。堤連三郎に、上意討ちの主命がくだされるほどの、どのような不始末があったのか。うろ覚えだが、松平大和守家で上意討ちがあったと、その話が伝わっていた覚えはある。大名衆の間で、少し噂《うわさ》にのぼったのだ。ただ、それが堤連三郎のことだったかどうか定かではない。と言うのも、川越の松平大和守家は御家門《ごかもん》のお家柄ゆえ、家中の内情を詮索するのをはばかった。遠慮が働いたのだ。それに、武家ならば上意討ちもある。主君の不興を買って上意討ちの主命がくだされるのも武家の習い。それしきのこと、という思いもなくはなかった。若かったのだな」

御家門とは、御三家《ごさんけ》、御三卿《ごさんきょう》以外の、徳川《とくがわ》家一族の大名のことである。

信正は手にしていた杯に、提子のつるをとって酒をついだ。杯を舐《な》め、弥陀ノ介に向いた。

「弥陀ノ介は、松平大和守家の上意討ちの話を知っていたか」

「そう言えば聞いたことがあったかなと、今、考えておるのです」

弥陀ノ介は、硯《すずり》ふたに並んだ酒の肴《さかな》の梅干をかじり、その酸っぱさにごつごつした顔を、皺だらけにしてすぼめた。すぐに酒を大きな口に含んで、酸っぱさを喉を鳴らして呑みこんだ。

市兵衛は、弥陀ノ介が恐ろしげな顔つきを、童子のように無邪気にすぼめたので、思わず噴き出した。

弥陀ノ介は、すぐに普段の恐ろしげな顔つきに戻って言った。

「ただ、川越城下のことであったかどうか、寛政十二年のことであったかどうかの覚えが、定かではないのです。何しろ、わたしはまだ二十歳前の若衆《わかしゅ》で、親父さまの手先となり、小人目付の見習いに就いておりましたものの、番代わりもまだ先のことで、お頭のことさえ、切れ者の若き御目付さまと、親父さまより聞いていたのみにて、顔もまともに見られなかったのでござる」

「いつどこかは定かではなくとも、二十歳前の若衆のころに、上意討ちがあった覚えは、弥陀ノ介にあるのか」

それは市兵衛が訊いた。

「ある。あるような気がする。というのはだな、おれが覚えているのは、武州のどこかの藩で家臣同士の刃傷沙汰《にんじようざた》により死人《しびと》が出て、殿さまの怒りを買った一方の一門が改易になり、当の家臣は逐電したと、そんな噂話だった。刃傷沙汰がいかなる事情だったのかは聞かなかったし、親父さまも何も言ってなかった。何しろ若蔵《わかぞう》ゆえ、親父さまの手先を務めるのが精一杯だった。それに、他家の内紛や騒動など、どうでもよかったしな」

「武州なら、岩槻《いわつき》か忍《おし》、それと川越だ。弥陀ノ介の十八、九の一件なら、間違いなくそれだろう。川越城下の上意討ちの話が、そのように伝わったのだ」

「市兵衛、近江屋に知らせた侍の名は……」

信正が言った。

「名前は聞けませんでした。季枝が申しますには、侍は連三郎を哀れんで知らせてくれただけゆえ、近江屋に知らせたと、名前が出ると家中の立場を危うくする恐れがあるゆえと」

「立場を危うくする恐れ？」

「はい。松平大和守家の家中に事情があるらしいのです」

「そうか。事情がな」

信正は杯をあおり、束の間をおいて続けた。

「だとしてもだ、その侍は、二十五年前、上意討ちの仕手《して》を逃れて逐電した堤連三郎が、荷車引きの十吉郎と名を変え、江戸の裏店で暮らしていたことを、以前から知っていたのか。それを家中の傍輩《ほうばい》か、あるいは上役に伝えていたのか」

「伝えてはおりません。堤連三郎が江戸にいることを知ったのは、つい先月のことだったようです。その侍が江戸屋敷の勤番勤めになったのは、二年前です。先月、馬喰《ばくろ》町の大通りで青物の荷車引きの人足の中に、たまたま、堤連三郎を見かけたのです。老いて痩せ衰え、覚えている面影はほとんど残っていなかったものの、あの堤連三郎に違いないと気づき、衝撃を受けました。侍は荷車を浅草御蔵の役所まで追いかけ、人足らが青物を役所におろして休んでいるとき、連三郎に声をかけたのです。すると、連三郎はいつかそういうことがあると覚悟していたかのように、具合の悪そうなほど痩せた身体を正して、堤連三郎は二十五年前、川越城下より逐電したときに死んだ、今の自分は堤連三郎ではなく、十吉郎という多町の青物問屋に雇われた荷車引きの人足にすぎない、どうかこのことは誰にも話さず、放っておいてほしい、と侍に頼んだのです。侍は、連三郎にいろいろと聞きたかったのですが、連三郎の老いさらばえた、あまりにみじめな姿に何も言葉が出ず、言われるままに、その場をたち去りました」

「連三郎の希み通り、江戸屋敷の傍輩にも上役にも、昔、上意討ちを逃れて逐電した連三郎と会ったとは、告げなかったわけだな」

「上意討ちに反撃して逐電し得たならば、以後、差しかまいなしが、定法なのではありませんか」

「いかにもそうだが、連三郎は近江屋の主人の隆明と母親の季枝のことは、知っていたのだろうかな」

「知っていたのか、知らなかったのか、それはなんとも言えません。十吉郎の亡《なき》骸《がら》が永富町の滝次郎店で見つかったと侍が知ったのは、永富町の自身番の店番が、本所の八郎兵衛という常浚《つねさら》いの請け人に十吉郎の身元を訊ね、十吉郎は元は川越の侍ではないかと八郎兵衛に聞き、赤坂の松平大和守家の江戸屋敷へ問い合わせにいったのです」

「本所の八郎兵衛は、十吉郎とどういうかかり合いなのだ」

弥陀ノ介が、鯛《たい》の焼身を咀嚼《そしゃく》しつつ言った。

「十吉郎は、青物問屋の荷車引きの前、本所の八郎兵衛の常浚いの川人足に住みこみで雇われていたのだ。十吉郎が八郎兵衛のところに雇ってほしいと現れたのは、七、八年前だったらしい。素性は知れないが、素性の知れない者など江戸にはごまんといる。常浚いの川人足など、殆《ほとん》どがそうだ。十吉郎の見かけは、五十近い老いぼれの無宿者が、いかにも食いつめて江戸へ流れてきた風体だったそうだ。八郎兵衛は、身体にきつい常浚いが老いぼれに務まるのかと訝《いぶか》った。ただ、人手がいるときだったので、だめなら追い出せばいいというつもりで雇った」

弥陀ノ介が杯をあおった。

「ところが、使ってみると、歳を感じさせず、八郎兵衛が感心するほど黙々とよく働く男だった。それに、人足部屋に住みこみの人足らと違う素性らしいのも、すぐにわかった。誰も彼も素性の知れない人足ら同士で打ち解けていながら、十吉郎だけはどこか様子が違っていた。八郎兵衛は、十吉郎が元はわけありの侍ではないかと不審に思い、あとで何かのもめ事に巻きこまれては困るので、十吉郎に質《ただ》すと、案の定、自分は武州のある藩の侍だったと聞かされた。藩の名は明かさなかったがな。若いころにわけがあって国を追われ、それ以来、果てしない旅暮らしを続けてきたと、物憂《ものう》そうに言ったそうだ」

「無宿渡世《むしゆくとせい》の旅暮らしか」

「上意討ちを逃れて逐電した侍は、追われる身ではない。連三郎ほどの者ならほかの生き方もできただろうが、連三郎はいずれは野垂《のた》れ死にの旅暮らしの渡世人に身を替えた。そういう生き方を、自ら選んだかに思われる。しかし、五十近い歳になって江戸へ出てきたのは、先はそう長くないと命に見きりをつけ、どうせ野垂れ死にならば江戸でと思ったと、八郎兵衛に言ったそうだ。ただし、無宿渡世でも兇状持《きようじようも》ちではない、決して迷惑はかけないのでこのまま使ってほしいと。八郎兵衛は、十吉郎を哀れに思った。それ以上は訊かず、あんたが働ける限りは使ってやるから安心しなと言った」

それから市兵衛は、ふと、口調を変えた。

「もしかすると、連三郎が江戸を死に場所にと考えたのは、季枝と隆明が江戸にいることを知っていたからかもしれない」

「十吉郎は、多町の青物問屋の荷車引きの人足だったのだろう。八郎兵衛にお払い箱にされたのではないか」

「そうではない。二、三年がたって、五十をすぎた十吉郎が、若い者でもきつい常浚いの仕事の途中、川に落ちて死にかけたことがあった。幸い、すぐに助けられ、命に別条はなかった。八郎兵衛は、これ以上は無理だと判断したが、あてもなく追い出すのは気の毒に思い、知り合いの多町の青物問屋の主人に頼んで荷車引きの仕事を世話してやり、住まいのほうも、永富町三丁目の滝次郎を知っているので、滝次郎店に住めるよう面倒を見てやったのだ」

「武州と言っても、川越藩だけではない。八郎兵衛は、十吉郎がなぜ川越藩の侍とわかった」

「十吉郎は、武州の入間郡や比企郡の話を、時どき人足部屋でしていたらしい。入間郡や比企郡は川越領だから、十吉郎が元は川越藩の侍に違いないと、八郎兵衛は聞かなくてもわかっていたようだ」

「なるほど。入間や比企の村は、ほとんどが川越領だ」

「だがな、店番の問い合わせに、松平大和守家の江戸屋敷では、誰も堤連三郎に思いいたる者はいなかった。そもそも、堤連三郎すら多くの侍は知らない世になっていた。ただ、江戸の裏店で人知れず死んだ十吉郎という年寄りが、元は松平大和守家の侍らしいという噂が広がって、先月、連三郎に遇ったその侍の耳にもようやく届いた。連三郎の死を聞いた侍は、近江屋の主人と母親に知らせるべきだと思った」

「それはもっともだと思う。数奇な運命の末に、江戸の裏店で誰にも看とられず仏になった堤連三郎を、侍は哀れんで近江屋に知らせた。武士は相見互い。せめてそれぐらいはな。だが、近江屋の若い主人と母親の刀自が、連三郎の死の知らせを聞いて、一体、市兵衛に何を依頼した。連三郎の死と市兵衛が近江屋に頼まれた仕事に、どういうかかり合いがあるのだ」

「弥陀ノ介、これからそれを話す」

と、市兵衛は弥陀ノ介から信正へ向いた。

うん？

弥陀ノ介が首をかしげ、信正は杯を口元へ運びながら、黙然と頷いた。

六

「兄上、松平大和守家の家中で流れているある噂話を、近江屋の隆明に聞かされました。その噂話が、ただの噂にすぎぬのか、あるいは真《まこと》の事なのか、隆明も母親の季枝も定かに知ってはおりません。連三郎の死を知らせにきた侍が、あくまでも噂話にすぎないと前置きしたうえで、隆明と季枝に伝えたのです」

「ふむ。どのような」

「松平大和守家の国替の噂話です」

　信正は間をおいた。

「それが、侍の名前が出ると家中での立場を危うくする恐れのある事情と、かかり合いがあるのか」

「定かには言えませんが、隆明と季枝はそれを危惧《きぐ》しておりました。国替の噂の真偽は、藩の執政の家老、参政の年寄、中老など、最上級家臣と藩主一門のみが承知しており、家中のほとんどの家臣には知らされておりません。ただ、噂話だけが、ひそひそと伝えられているのです」

「市兵衛、国替は御公儀の政《まつりごと》だ。国替の施策が幕閣において進められていて、正式の御沙汰《おさた》が発せられる前に、定かではない噂話が流れることはあり得るし、流れたとしてもいたし方あるまい。真偽は遠からず明らかになる。その侍が聞いた国替の噂話ぐらいを、近江屋の隆明と季枝に話したとて、大したことではないぞ。所詮は噂話にすぎぬ。御公儀の決めた国替に不平不満はあったとしても、大名も家臣も従うしかないのだからな」

「では、やはり松平大和守家の国替の噂は真なのですか」

信正は、くすぐったそうに笑った。

「真偽を知っていたとしても、御公儀の正式の御沙汰が発せられる前に、目付役のわたしがもらすわけにはいかんよ。仮令《たとえ》、弟でもだ。なあ、弥陀ノ介」

「御意。市兵衛、当然ではないか。第一、おぬしが松平大和守家の国替の噂話の真偽を知って、どうなるのだ。まさか、近江屋の隆明と季枝の依頼が、おぬしに国替の真偽を探れということだったのか」

弥陀ノ介は、からからと笑い声をまき散らした。

「そうではない。だが、隆明と季枝に頼まれた仕事が、松平大和守家の国替の噂話に、もしかしたら因縁があるかもしれぬのだ」

「それは大変だぞ。御公儀の国替の施策と、市兵衛の請けた仕事に因縁があるなら、大仕事ではないか」

「からかうな。戯言《ざれごと》で言っているのではない」

兄上……

と、市兵衛はまた信正に向いた。

「近江屋を訪ねたその侍が、隆明と季枝に連三郎の死を知らせたうえで、松平大和守家の国替の噂話をしたのは、村山永正《むらやまながまさ》という勘定方の組頭が、蟄居閉門《ちっきょへいもん》の処罰を受けているからなのです。この春に百日の蟄居閉門を申しつけられ、もう百日が近くなるそうです。村山永正蟄居閉門の理由は、これも藩の執政や一部の上級家臣以外にはつまびらかではなく、ただ、多くの家臣の間では、村山永正が松平大和守家の国替に強い異論を唱えており、殿さまにも直言《ちょくげん》したため、無礼なふる舞いの不興を買い蟄居閉門を申しつけられたと、言われているのです。侍が言うには、家中には村山永正の考えに賛同する家臣が少なからずおり、藩の上層部は村山永正の考えに賛同する者を警戒し、村山永正をなんの罪もないのに蟄居閉門にしたのは明らかだと。じつは侍自身、賛同しているひとりゆえ、堤連三郎の死のみならず、村山永正の蟄居閉門の事態をも、近江屋にこっそり伝えにきたらしいのです」

　すると、弥陀ノ介が言った。

「それはおかしいぞ。お頭が言われたではないか。国替は、御公儀の決める政だ。御公儀が国替を決めたのなら、不平不満があろうとなかろうと、大名も家臣も従うしかない。村山永正が松平大和守家の国替に異論を唱えるのは、御公儀の政に異論を唱えることになるだろう。一藩の一家臣がそれを唱えたとて、何ほどの意味がある。何よりも御公儀に対して無礼だ。村山永正が殿さまの不興を買ったのは、御公儀への無礼ゆえではないのか」

「だが、隆明と季枝の話では、そういう事情でもないのだ。兄上、差し支えなければお聞かせ願えませんか。松平大和守家が国替になる噂話は、真なのでしょうか。御公儀は、松平大和守家国替を決めているのでしょうか」

「なるほど。市兵衛はわたしにそれを訊きたいがために、きたというわけか。まあ、市兵衛、呑め。呑みながら話そう」

　信正は襖ごしに手を鳴らして、若党の小藤次《ことうじ》を呼んだ。小藤次に新しい酒を命じ、燗をした提子がきた。

　信正は、美味そうに酒をひと口含み喉を鳴らすと、市兵衛に言った。

「まずは、市兵衛の話を聞いてからにしよう。役目柄、話せぬことはあるが、事と次第によっては、殿中で聞こえている噂話ぐらいなら、話せることがあるかもしれぬぞ」


市兵衛に話したのは、近江屋の主人の隆明ではなく、刀自の季枝だった。

寛政十二年夏、その日の未明、松平大和守家郡奉行配下山方役・堤連三郎が、比企郡の松山町と小川町へ出張するため、赤間川に架かる高澤橋を渡って上寺山村にいたる小川道の野道で、横目役殺生方の菅留吉らの襲撃を受けた。

その日の午後、新田町の堤家の屋敷に藩より遣わされた使者が、主君・松平直《なお》恒《つね》の上意により、主君に不届きなふる舞いにおよんだ堤連三郎を討ち果たした始末、並びに堤家改易の沙汰を申しわたした。

季枝は衝撃を受け動転したが、懸命に平静を保ち、使者に訊ねた。

主君に対し夫の不届きなふる舞いとはいかなるふる舞いか、夫はどのように上意討ちを受け、亡骸は今どちらに、と使者に訊ねた。

使者は季枝の訊ねた内容に一切こたえず、三日の猶予《ゆうよ》を与えるゆえ、三日ののち、速やかに屋敷をたち退《の》くべしとのみ伝えて退散した。

夫の葬儀すら許されず、亡骸すら引き渡されなかった。

しかし、季枝に悲しみに打ちひしがれている猶予はなかった。

五代続いた堤家の諸道具をすべて処分し、身の周りの物だけを携《たずさ》え、忍藩の野《の》添《ぞえ》家より嫁いで以来七年余暮らした新田町の屋敷を、五歳の隆明の手を引いて出なければならなかった。

新田町の近隣の住人は、誰ひとり堤家に姿を見せなかった。声をかけず、季枝の苦境に同情も寄せず、救いの手を差しのべなかった。

藩の厳しい目が堤家に向けられており、堤家に救いの手を差しのべて藩の処罰を受けることを、誰もが恐れたからだ。

堤家には、先代より奉公していた老いた下僕がひとりいた。

下僕は、堤家の先祖が川越藩・秋元家の士分にとりたてられるまで農民だった赤坂村の者だった。赤坂村の甥《おい》夫婦の世話になることが決まり、季枝とふたりで屋敷の片づけを終えると、どうかお達者で、と言い残し去っていった。

季枝は幼い隆明とともに城下を去り、忍藩の生家・野添家を継いでいる兄夫婦の元へいくことになった。

ただ、野添家は忍藩の士分とは言え、徒士組の軽輩の身分だった。暮らしは貧しく、隆明が成長して身をたてられるように育てていくあてにできなかった。

暮らしの諸道具がすべてなくなり、がらんとした屋敷の中に幼い隆明と残された季枝は、途方にくれ、悲しみに苛《さいな》まれ、隆明を抱きしめて咽《むせ》び泣いた。止めどなく涙があふれ、嗚咽《おえつ》の声をきりきりと絞った。

ところがそのとき、屋敷の背戸が叩かれた。

勘定方の村山永正が、季枝を訪ねてきたのだった。

村山家は、上級家臣の住む蔵《くら》町に拝領屋敷があって、松平大和守家に代々仕える名門の家柄だった。歳は夫の連三郎より七つ下の二十五歳ながら、連三郎との親交は、通町の神道無念流秋川維助《ただすけ》道場に入門したのちに始まった。

永正は、若くして秋川道場の師範代を務めていた連三郎を敬服し、連三郎も稽古に励む若い永正の、頭脳明晰《めいせき》で純粋な人柄に魅せられた。

剣術の稽古を通し、連三郎と永正の間に友情がはぐくまれた。

道場の外においても、連三郎はすでに山方役に就き、永正は勘定方組頭の家柄で勘定衆として出仕していた。二人は山方役と勘定方の立場から、経世《けいせい》を忌憚《きたん》なく論じ合い、ともに志を同じくする同志になっていた。

連三郎の上意討ちと堤家の改易が命じられたあと、永正は季枝を訪ねてきた唯一の訪問者だった。

永正は連三郎と結んだ友情を忘れなかった。

季枝に慰めの言葉を伝えてから言った。

「季枝どの、あなたには幼い隆明どのを守っていく務めがあります。どうか、この暴虐《ぼうぎやく》と悲嘆、欺瞞《ぎまん》と苦悩を乗り越え、どれほど耐えがたくつらくとも、先を向いて生きてください。不肖《ふしよう》の身ですが、わたしがお手伝いをいたします」

そして、さらにこう言った。

「決して、誰にももらしてはなりません。よろしいですね。連三郎どのは、上意討ちの横目役殺生方の襲撃を逃れ、深い疵《きず》を負われたものの、生きてあるところに匿《かくま》われております。殺生方は、連三郎どのをとり逃がして面目を失い、密《ひそ》かに血眼《ちまなこ》になって城下を捜し廻っております。連三郎どのは疵が癒え次第、領内より逐電しなければならず、よって、季枝どのと隆明どのの元に戻ってくることはできません。季枝どのと隆明どのは、里の忍に戻られると聞きました。忍の里にてお待ちください。その間に連三郎どのが無事領国を出られたのち、わたくしが必ず忍を訪ねます。そこで、季枝どのと隆明どのの行末について、相談いたしましょう。きっと、よい方策がみつかります」

季枝は、永正の言葉に唖然とした。

そうだったのか。夫は生きていたのか。隆明を連れて生きていける、隆明を守り生きていればいつか夫に会える、と季枝は思った。

希みと勇気が、季枝に湧いた。

永正が忍の季枝を訪ねてきたのは三月後だった。

永正は連三郎が無事領国を出たことを伝え、連三郎より預かった手紙を季枝に差し出した。

手紙は二通あり、一通は季枝への離縁状であった。そして一通は、何ゆえ主君の上意討ちに遭い、二世《にせ》の契りを結んだ妻と堤家を継ぐ倅に、何ゆえ生き別れねばならぬかを認《したた》めた書状であった。

そこには、藩が家臣に対する御借地《おんしやくち》や擬作《ぎさく》などにより支出を抑え、年貢米の苛烈なとりたてや無理矢理な新田開発、石《こく》代納の金納などを厳しくする一方で、馬喰町の郡代屋敷よりの公金借用、江戸、京、大坂の商人、また領内農商人よりの借用が増え、殊に江戸屋敷において放漫な支出が行われている現状を憂え、藩の不均衡な財政を厳しく批判した。それがために主君・松平直恒さまの著しい不興を買った。

と、上意討ちを受けた子細が書かれてあった。

しかしながら、これは上意討ちを名目にして横目役殺生方に命じて、要らぬことを言う邪魔な地侍の口をふさいだ暗殺にすぎない。

これまで主君に仕える侍として生き、命を惜しむものではないが、だとしても、このような理不尽な仕打ちは、仮令、上意であっても受け入れられない。

武州の侍ならばこそ、塵界《じんかい》に生き恥《はじ》を曝《さら》し、塗炭《とたん》の苦しみを受けようとも、生き抜くと決めた。すなわち、塵界に生き恥を曝し、塗炭の苦しみを受けることこそが、通すべきわが武州侍の意地と。

ただ、一度は上意討ちを逃れても、侍の真義など寸毫《すんごう》も考慮せぬ、受けた命令に従うだけの殺生方は、こののちも追及の手を収めぬだろう。

妻を離縁するのは、わが妻と倅に、おのれの侍の意地を通すため、おのれひとりが負うべき身の危険、おのれひとりが負うべき武州侍の意地を、おのれとともに負わすことは忍びないゆえ……

と続いた連三郎の手紙を読み進んで、季枝は承服できなかった。妻と子を捨てなんと身勝手な、と呆れ落胆した。

一方で、これは連三郎の所為《せい》ではないとも気づいた。

連三郎はただ、お役目ひと筋と生真面目に生きてきた末に、理不尽な討手におめおめと討たれることを潔《いさぎよ》しとしなかったのにすぎない。

可哀《かわい》そうに。身勝手はお上だ。季枝は連三郎を哀れんで泣いた。

永正はそんな季枝に言った。

「季枝どの、隆明どのを連れて出府いたし、江戸で新しく生きなおしてみませんか。これまでの生き方に囚《とら》われていては、先は見えています。隆明どのが成人して身のたつように、江戸で暮らすのです」

江戸に？　なんの見通しもなく江戸に出て、一体どのように。

季枝は戸惑い、首をかしげた。

永正が続けた。

「江戸の銀座町に、近江屋松右衛門《まつえもん》という両替商がおります。江戸の大店商人は申すにおよばず、幕閣のお歴々、江戸屋敷の諸大名、重役、旗本御家人などに知《ち》己《き》の多い大店両替商です。季枝どのも御存じの、領内の絹平《きぬひら》や絹縞《きぬしま》を関東絹《かんとうきぬ》として上方《かみがた》の京大坂で売りさばき、上方での売買の決済を行う手形を、近江屋が振り出しています。村山家は代々勘定頭を務めるかかり合いにより、近江屋とのゆかりが長いのです。わたし自身も江戸へ出張し、近江屋を訪ねた機会は何度もあります。主人の松右衛門は、優れた商人ながら、詩歌《しいか》に造詣が深く、のみならず、経世家としてもすぐれた考えを持っており、尊敬のできる人物です。以前、松右衛門と武州の特産物の話になった折り、山方役の連三郎どのが、武州平野から秩父にいたるまでの野山を知りつくしている話を聞かせますと、そのような方にはぜひ一度お会いしたいものですと、言っておりました」

永正はそこで、ひと息の間をおいた。

「じつは、このたびの連三郎どのの一件を松右衛門に手紙で伝えたのです。すると、松右衛門よりすぐに返事があり、まことに理不尽な話だと、連三郎どのがそのような決心をしているなら、残された妻子の暮らしのたつよう近江屋が援助をしたいと申し入れてくれたのです。松右衛門は、季枝どのと隆明どのが江戸に出てくれれば、住むところも暮らしのたずきも心配はいらない、隆明どのがひたすら剣術学問に励み、いずれ、相応の武家へ仕官できるよう世話もすると、言っております。季枝どの、松右衛門の力を借りて堤家の再興を図られては」

季枝は驚いた。そうして、武州平野の彼方にひとり姿を消した連三郎を、身体が震えるほど哀れに思った。

季枝が江戸に出る決心をしたのは、隆明の行末を考えてであった。

だが、ただひとつ、万が一、いつかもしかして、何事かを伝えるため、連三郎が自分の前に現れるときがくるのではないか、という気もしたからだった。

庭の縁側に焚いた蚊遣りの薄い煙が、夜風に乗って居室へ、果敢《はか》なく燻《くゆ》り流れて消えていた。屋敷の台所のほうで、使用人らの笑い声が聞こえてくる。

市兵衛は信正に言った。

「季枝は、江戸屋敷の侍に、永富町の滝次郎店で見つかった十吉郎の亡骸が、二十五年前に逐電した堤連三郎だと知らされたとき、不意にそのことが甦《よみがえ》り、連三郎が何事かを伝えにきたように思えてならなかったのです。迂闊《うかつ》にも、自分たちは恩人である村山永正が、百日も前に蟄居閉門を申しつけられていたことを知らなかった。二十五年がすぎて届いた連三郎の死の知らせは、村山永正の身に差し迫った事態を、連三郎が自分たちに教えにきたのではないか。村山永正の身に危険が迫っている、二十五年前にこうむった恩をかえさねばならぬと、連三郎が自らの死を以って告げにきたのではないか。季枝はそう思ったのです」

「村山永正への恩がえしが近江屋の依頼なら、市兵衛は何をするのだ。もしもだぞ、村山永正に差し迫った事態が、二十五年前の堤連三郎と同じ上意討ちの主命だったとしたら、近江屋が村山永正の命を救うようにと依頼しようと、市兵衛に手の出せることではない。上意討ちは主命だ。いかに理不尽であろうと、江戸の大店の両替商の口を出す筋合いの事柄ではない。それが主君に仕える侍の定めだ。お頭の言われた国替が御公儀の決める政であって、不平不満があろうとなかろうと、大名も家臣も従うしかない。それと同じことだ」

と、弥陀ノ介が言った。

「わかっている、弥陀ノ介。むずかしい仕事を請けたのではない。どうやら家中では、村山永正が蟄居閉門を申しつけられている事態を批判する声が高まってきて、執政や重役方は、家臣らの批判の声を抑えるため、強硬な手段をとり始めているらしい。表だってではないが、横目役の陰の動きが急に活発になって、江戸屋敷の侍も、それを恐れて、自分の名前を他人に明かさぬようにと、季枝と隆明に言ったのだ」

「横目役の目が光っているのだな」

「村山永正は若くして妻を亡くし、二十歳をすぎた早菜《さな》というひとり娘がいる。奉公人はいるだろうが、父と娘の二人暮らしらしい。早菜は父親が蟄居閉門となって、さぞかし心細い思いをし、不安に思っているだろう。頼まれた仕事は、季枝と隆明の手紙を、早菜に届けることだ」

「近江屋の手紙を、市兵衛が届けるのか」

「そうだ」

「それなら、飛脚でもよいのではないか。あるいは、近江屋のしっかりしたお店の者が届けてもよいのではないか」

　すると、信正が市兵衛に頰笑《ほほえ》みかけた。

「村山永正の蟄居閉門が解けても、村山家は改易、という事態もあり得る。もしも、村山家が改易になったら、村山永正と娘の早菜を警護して、江戸の近江屋へ連れてくるのだな」

「そのときはそうします。季枝と隆明は、村山家が改易になれば、村山永正と娘の早菜を江戸に呼び寄せ、末永く身のたつように庇護《ひご》していく意向です。江戸屋敷の侍の知らせを受けたあと、近江屋は、幕閣の知己などを通して松平大和守家の中で村山家のおかれている立場を探ったそうです。すると、どうやら村山家が改易を申しつけられるのはほぼ間違いなく、それも近々のことらしいのです。それで季枝は、急いで使いの者を川越の村山家に……」

「信頼のおける使いの者を、権門師の正田昌常に相談して捜し、市兵衛に話が持ちかけられたわけか」

「はい」

市兵衛は頷くと、弥陀ノ介が首をかしげた。

「村山永正と早菜を江戸へ呼び寄せるのに、警護が要るのか」

「これは江戸屋敷の侍も言っていて、近江屋が内々に探ったところからも聞いたのだが、松平大和守家の家中の情勢は平穏とは言えぬらしい。村山永正の考えに賛同する家臣への取り締まりが厳しいうえに、村山永正を殿さまに無礼を働いた不忠者、断固処罰すべしと主張する者らもいて、家臣同士の対立も深まり、家中の情勢は相当不穏なのだ」

「なるほど、それで警護役か。信頼のおける使いの者とは、算盤ではなく、こっちの信頼なのだな。お店者では務まらぬはずだ」

弥陀ノ介は、指をたてて剣術の仕種をして見せた。

「市兵衛、松平大和守家国替の話が、でたらめな噂にすぎぬのか、御老中の御用部屋の評議で、そのような議題がのぼったのか、真偽はわからぬが……」

信正はそう言って、提子《ひさげ》を杯に傾け、杯をとりあげた。

「殿中の諸大名の方々の間では、すでに知られている話をしてやろう。近ごろ、松平大和守家のご当主・矩典《とものり》さまが、御家門の家筋をよりどころに、御上の第二十四男の紀五郎《きごろう》さまを松平大和守家の御養子に迎える働きかけを、御老中になさってておられるそうだ。表沙汰になって差し支えないことゆえ、諸大名方は松平大和守家の働きかけがどのように決定されるのか、いろいろ噂をして見守っておられるところだ」

信正は笑みを浮かべて、杯をあおった。

「ただ、その働きかけに松平大和守家では散財を行い、そのために、藩の御用達商人よりの借用金が相当にふくらんでおるという噂も、ともに流れておる。借用金は相手があることだから、隠しようがない。要は、何ゆえの借用金かだ。そうだな、市兵衛」

市兵衛と弥陀ノ介は黙々と杯を重ねつつ、話の続きを待った。

「諸大名方の間で交わされておる噂は、まだある。松平大和守家は、旧領の姫路《ひめじ》への転封《てんぽう》をもくろんでいる。というのも、松平大和守家は播磨《はりま》の姫路から上野《こうずけ》の前橋《まえばし》、そして武蔵《むさし》の川越と転封になり、十五万石を領している大大名だ。しかしながら、川越へ転封になってからは、様々な事情があって表高は十五万石でも、実情は十万俵余の減収になっているのだそうだ。となれば、将軍家斉《いえなり》さまの第二十四男・紀五郎さまを松平大和守家の御養子にお迎えできたならば、転封、即ち国替のもくろみを進めるうえでは、極めて有利に働くであろうな。国替が上手く運びさえすれば、旧領の十五万石に戻るのだから、少々借用金が増えても、痛くも痒《かゆ》くもない。そうだな、弥陀ノ介」

「御意」

弥陀ノ介が信正を笑わせた。

「一方、藩の勘定方や山方役の諸役人の中に、そのようなもくろみのために借用金を増やすことに、異論を唱える者がいてもおかしくはない。借用金は期限までに返済せねばならないし、利息がかかる。返済が滞り期限が延びれば延々と利息を払い続け、利息を払うために新たな借用金が増え、利息の支払いだけでも巨額になっていく。村々より厳格にとりたてた年貢や、領民の納めた税の多くが利息の支払いにあてられ、領国は次第に疲弊《ひへい》していく。これでよいのか、こんなことを続けていてよいのかと、今にこの国はどうなるのだと、憂える者らも、間違いなくおるだろう」

「なるほど。村山永正が主家の国替に異論を唱えて殿さまに直言した元には、そういう仕組みがあったのですな。よって、村山永正は殿さまの不興を買い、蟄居閉門となった」

弥陀ノ介が眼窩の底の目を光らせて言った。

「そのように推量できる、というだけだ」

信正は弥陀ノ介にかえし、市兵衛に向いた。

「だが、市兵衛。もし推量があたっているなら、家中の不穏な情勢が気になる。市兵衛が近江屋から請けた仕事は、単純にはいかぬかもしれんぞ」

市兵衛はなんとこたえるべきか考えたが、こたえは見つからなかった。

七

同じころ、武州川越城下。

郷分町の六軒町《ろつけんまち》の暗い八王子《はちおうじ》道に、人影が映った。

人影は次第に濃さを増し、かすかな速足が夜ふけの静寂を刻んでいた。

やがて、菅笠や二刀を帯びた裁《た》っ着け袴の影が、くっきりと見分けられた。

夜の暗がりに散らばっていた黒い染みが塊になっていくように、妙養寺《みようようじ》門前に待機していた人影が、門前の曲がり角にぞろぞろと集まってきた。

この夜の刻限に、誰も明かりを持っていなかった。

門前の町家は板戸を固く閉じ、はや寝静まって沈黙を守っている。

「蔵六《ぞうろく》、どうだ」

曲がり角に集まった影のひとつが、暗がりの先へ声を忍ばせた。

横目役殺生方の松本《まつもと》蔵六が、横目役頭の菅留吉の前へきて、菅笠を持ちあげ低い声を投げた。

「菅さま、間違いありません。《巽屋《たつみや》》の二階に十人ほど、集まっております」

「たった十人か。それしきの小勢か」

「十人は数えましたが、もうひとり二人いるかもしれません。勘定方、徒士組、通町の足軽組の者もいます」

蔵六は巽屋に集まった者の名を、呪文を唱えるような呟き声で並べた。

「みな貧乏侍どもばかりではないか。お上の政など何もわからぬ軽輩者どもが、偉そうな。重役になったつもりか。ああいう手合いは我慢ならん。相応の罰を与えてやらねばな」

「どうしますか」

「引っ捕えて、殿さまに謀反《むほん》を企てた罪を白状させる。引っ捕えるのはひとりか二人でいい。あとの者は斬り捨ててよい。容赦するな。いくぞ」

おお……

と、曲がり角の影の集団が、低く這《は》うように声をとどろかせた。

菅留吉を先頭に、影は往来を六軒町のほうへとった。留吉の後ろに七つの影が続いた。みな菅笠をかぶり、暗く沈んだ着物に黒の手甲、裁っ着け袴、黒足袋草鞋履きに二刀を帯びた同じ扮装だった。

風はそよとも吹かず、湿った夜気が首筋に感じられた。

巽屋は、六軒町にかまえる二階家の料理茶屋で、店の前の往来は、六軒町を抜けて城下南の田畑の間を西へ西へととり、八王子へいたる八王子道である。

人気のない往来の左手に、軒庇にかけた赤い看板行灯《あんどん》が見えた。《たつみ》と仮名《かな》で標《しる》した屋号が読め、軒庇の上の出格子の障子戸を開けた二階座敷で、酒宴を開いている人影が見えた。

周辺のどの店も板戸を閉じた往来に、巽屋の明かりがぽつんと一軒だけ灯《とも》っていて、それが往来の暗がりをいっそう陰鬱《いんうつ》な暗みに包んでいた。

「あれはなんだ」

往来をいきながら二階の酒宴の明かりを見やり、留吉が六蔵に質した。

「ここら辺のお店者ら五、六人のようです。仕方ありませんよ。あの座敷は二階の表側で、やつらの部屋は階段をあがって狭い廊下の反対の裏手にあります。出入りできるのは廊下だけです。廊下をふさげば、やつらは袋の鼠《ねずみ》も同然です。出格子を乗りこえて、店の裏手の路地へ二階の屋根から飛び降りることはできますが、路地は人と人がやっと擦れ違えるほどの幅しかありませんので、裏で待ち受けて前後から挟んで斬りかかれば、手もなく斃《たお》せます。お店者らは、放っておいても差し支えはありません。斬り合いが始まれば、勝手に逃げていきます」

「女は……」

「中働きの者らだけです」

「よかろう。啓介《けいすけ》、おまえは四人を連れて裏手の路地に廻れ。屋根から飛び降りてきたやつらを始末しろ。ひとりぐらいは生かして捕まえてもいいが、無理ならばよい。ひとりも逃がすな」

留吉は巽屋を見つめて、平然とした歩みを変えずに背後へ言った。

心得ました、と倅の啓介の声がかえった。

「蔵六と馬ノ助《うまのすけ》は、おれと表側を押さえる。二階へあがって、おれと蔵六が部屋へ突入する。馬ノ助は後詰めで廊下を押さえろ。乱戦になって、廊下へ逃げ出したやつを斃せ」

宮内《みやうち》馬ノ助は、おう、とうめいたが、蔵六はどぶ掃除の段どりを訊くような口調で訊いた。

「中間もいますよ。中間も斬るんですか」

「どこの中間だ」

「たぶん、六段畑あたりの中間小屋じゃないですか」

「乱戦が始まれば、どうせ暗がりになる。一々区別はできん、中間も始末するしかあるまい」

「わかりました。中間ごときが侍の真似事をした罰を、与えてやりましょう」

蔵六は、暗がりに薄笑いを浮かべた。

巽屋の表戸の七、八間ほど手前まできたとき、表の格子の引戸を開けて、店の者が出てきた。店の者は、軒に吊《つ》るした赤い看板行灯をおろし、行灯の火を消した。往来は、戸内から射す弱い明かりだけになった。

二階座敷で、男らの笑い声がどっとあがった。

店の者が中に入ろうとして、留吉らが囲むように近づいてきたので、あっ、という顔つきを向けた。中年の男で、頭《こうべ》を垂れて言った。

「相済みません。今夜はもう店仕舞《じま》いでございます」

「客ではない。御用の者だ。二階の奥の客に用がある」

留吉が、ぼそ、と言った。

「御用の？　二階の奥のお客さま方にでございますか。あの、二階の奥のお客さまは、みなさん、お城勤めのお役人さまでございますが」

「それがどうした」

「いえ、あの、どうしたというわけではございません。御用と申しますと」

店の者は戸惑いつつ、留吉と左右の男らを見廻した。菅笠の下の顔がみな険しかった。留吉のこめかみから頬にかけて古い刀疵があり、戸内の薄明かりが古疵を痛々しく照らした。

脂ぎった顔は、五十前後と思われる年配に見えた。

「御用と言えば、お城の御用だ。おぬし、お城の御用が知りたいのか」

「と、とんでもございません。お客さまにどうお取次すればと……」

「取次は要らん。御用が済むまで、下で大人しくしておれ。声をたてるな。御用が済めばこちらが呼ぶ」

「はいはい、しょ、承知いたしました」

と、店の者は後退《あとじさ》るように前土間に入った。

啓介ら五人が、店わきの路地から裏手へ速やかに廻っていき、留吉と蔵六と馬ノ助は、店の者に続いて前土間に踏み入った。

天井に八間《はちけん》が吊るされ、店の中は明るかった。

店の間の正面から階段があがっていて、二階の酒宴の声が聞こえてくる。店の間に女が現れ、

「あら、おまえさん……」

と、店の者に言いかけ、留吉ら三人の物々しい気配にたじろいだ。

「騒ぎになる。酒宴の客が慌てておりてきたら逃がしてやれ。そいつらに用はない。使用人らも大人しくさせておけ」

店の者が頷き、女は唾を呑みこんだ。

留吉を先頭に、草鞋のまま店の間へあがり、階段を軋ませた。

店の者と女が、呆然《ぼうぜん》と三人を見あげた。

二階の天井の低い廊下を、柱行灯の淡々《あわあわ》とした明かりが包んでいた。

階段をあがった後ろが往来側の座敷で、酒宴が続いている。

三人はそちらへ一瞥をやっただけで、ためらいなく廊下の奥へ進んでいく。突

きあたりの座敷は、片引きの襖一枚で仕切られていた。

留吉は襖の手前で立ち止まり、凝っと襖を睨んだ。

そのとき、表側の座敷の襖が引かれ、酒宴の客のひとりが廊下に姿を現した。廊下奥の座敷の前に、菅笠をかぶり土足のままの三人を見やり、唖然とした。

馬ノ助がふりかえって、引っこんでろ、というふうに顎をふった。

客は瞬《まばた》きもせず、たん、と鳴らして襖を閉じた。

「蔵六、馬ノ助、火事を起こすな。天井が低い。小太刀《こだち》でやる。いいな」

留吉の背中が、声を低めて言った。

「承知」

蔵六が応じた。

襖ごしに、ぼそぼそとした低いささやきがもれている。

留吉は片引きの襖を、さりげなく、静かに引いた。そして、束の間、鴨居《かもい》の下に冷然と佇《たたず》んで、十畳の座敷を見廻した。座敷には、膳と徳利《とっくり》を前にして、十一人の男らがいた。

みな一瞬、ささやきを止め、留吉を見あげて凍りついた。

二灯の行灯が、十一人の凍りついた顔つきを隈《くま》なく映した。

「上意だ。成敗する」

留吉は太く冷酷な声を発し、わっ、と立ちあがろうとする一番手前のひとりを、小太刀の抜き打ちで即座に斬りあげた。

顔面を斬り裂かれ、悲鳴とともに仰のけに身をよじり、ほかの二人を巻きこんで部屋の一角へ吹き飛んだ。

その隙にひとりが廊下へ飛び出したが、馬ノ助の一撃に頭蓋《ずがい》を割られ、血飛沫《ちしぶき》を噴き散らし、搗《つ》きたての餅《もち》のようにぐにゃりと潰れた。

「横目だ」

けたたましい喚声と怒声があがり、膳の鉢や皿が散乱し、徳利が投げつけられたのはそれからだった。

留吉は徳利を躱《かわ》しながら、大刀をとって片膝立ちに抜刀しかけたひとりを蹴り飛ばし、反転し様、もうひとりの腹へ小太刀を突き入れた。

相手の大刀が、低い天井に突きたったわずかな隙を逃さなかった。

相手は大刀を天井板に嚙ませたままにして、身体を折って菅の小太刀の刃《やいば》をにぎった。それを無理矢理引き抜くと、血のあふれる腹を押さえて膳や皿が散乱した中へ、ごろりと前のめりに転がった。

菅と同時に踏みこんだ蔵六は、膳を跳ねあげたひとりを、小太刀のすっぱ抜きに斬り捨てた。

相手はまだ着座したままで、のばした手は刀にも届いていなかった。

蔵六の動きが速すぎた。斬り合いに慣れていた。

切先が首筋を一閃し、絶叫と血飛沫が噴いた。その血飛沫を浴び、喚《わめ》きながら斬りかかってきた相手の一撃を、がん、と受け止め、踏みこんだ足を前蹴りに払った。

相手ははずみがついていたので、前のめりに畳をゆらして倒れた。

その背中に、小太刀の切先が胴体を貫き、畳に刺さるまで突き入れた。

絶叫が走り、投げ出した四肢が引きつったように震えた。

瞬時もおかず、背中に突きたった小太刀を捨て、傍らを擦り抜けていくひとりを、大刀の抜き打ちで胴抜きにした。

「あとおおお……」

蔵六の喚声が夜の町家へ、犬の遠吠えのように流れていった。

胴抜きにされた侍は、つんのめり、出格子の障子戸を突き破って、庇の屋根にはずんで裏手の路地へ転落した。

それを追って、二人が出格子を乗り越え、路地へ飛び降りて逃亡を図った。だが、二人は待ち受けていた右から二人、左から三人の挟み撃ちに遭った。いくつもの斬撃を浴びて、ひとりは虫の息に、ひとりはたちまち絶命した。

「もっとこい。もっと逃げてこい」

裏手の路地で待ち受けていた啓介は、二階座敷で続いている乱戦を見あげ、刀をふりふり叫んだ。町内の犬が、不穏な物音や声にあおられるかのように、あちこちで吠えていた。

そのとき、出格子窓にまたひとりが現れた。

「きたきた」

啓介が座敷を見あげて叫んだ途端、背後から袈裟《けさ》に浴びたらしく、出格子の侍は悲鳴を発して座敷へ倒れていった。

と、次の瞬間、座敷の明かりがかき消え、畳を踏み鳴らす音と叫び声と鋼を打ち鳴らす音だけが続いた。

その真夜中近い四ツ半（午後十一時頃）、西追手門より城内へ入り、中之御門内の執政の家老屋敷、追手門から中之御門までの、参政の年寄、中老などの広大な屋敷が長屋門を並べるそのひとつ、年寄・大室典膳《おおむろてんぜん》の屋敷に、同じく年寄・比《ひ》賀万之丞《がまんのじょう》がひそかに訪ねていた。

二人は大室典膳の居室にて、余人を交えず、一本の蠟燭《ろうそく》の炎だけを頼りに、膝《ひざ》づめの密談を交わした。

年配者である二人の顔へ、蠟燭の炎が仮面のような黒い影を射していた。

大室典膳を訪ねた比賀万之丞が言った。

「横目役頭の菅留吉の報告によれば、巽屋に集まった十一名は、激しく抵抗したため、すべて討ち果たしたとのことでござる」

えっ、と大室が瞼《まぶた》の厚い目を見開いた。

「十一名を、すべてか」

「いかにも、十一名すべてでござる。やむを得なかったと、菅は申しております」

大室は十一名の名前と役目を訊ね、比賀は抑揚のない小声で、十人の家臣と中間ひとりの名前を並べた。

「拙《まず》いぞ。いかに藩の政に異論を唱えているとは言え、みな殿さまの家臣だ。ひとりか二人なら、不慮の出来事、災難で言い逃れられるが、十一名全員ではそうはいかん。家中に騒ぎが起き、このままでは拙いことになりはせぬか。江戸屋敷の殿さまのお耳に入ると、ご機嫌を損ねるであろうな」

「十一名の者、殿さまに隠居を求め幼君の擁立《ようりつ》を企てたことにして、ご家老に報告し、ご家老より殿さまにそのようにお知らせするしかありますまい。その陰謀の首謀者は、蟄居閉門中の村山永正。蟄居の身でありながら、その企てを裏で主導したと」

「一勘定方頭にそれほどの陰謀を主導したこじつけは、無理があるのではないか。証拠はどうするのだ」

「菅に策を廻らせと、命じております。あの男、剣術の腕と悪知恵は達者だ」

「やりすぎだ。あんな者にやらせて大丈夫か」

「大室どの、ここまで藩の借用金が増えて、今さら藩の台所事情の無駄をなくし、やりくりをたて直すべきなどと御託《ごたく》を並べたとて、百年かかる。無駄をなくすのだから、当然、御家中並の商人らとの、ご家老の尾沼《おぬま》さま始め、われら参政との持ちつ持たれつのかかり合いが表沙汰になり、大室一門もわが比賀一門も、この先も安泰かどうかはわからぬ事態になりかねない。そうなれば、殿さまとて無疵で済むとは思われません。つまりだ、そうならぬためには、もはや国替しか手はござらん。松平大和守家は、御家門の大名家でござる。元々の表高の十五万石に戻れば、今の借用金の懸念など、大したことではなくなる。それを、知ったふうに物の道理を説く忠臣など、所詮は使えぬ。使えぬどころか、そのような者は藩にとっては有害ですらある。菅留吉のように、身分は低くとも有無《うむ》を言わせずやってのける男は、こういうときには使いようがある」

　ふうむ……

　と、年寄の大室はうなった。

「村山永正の陰謀説か。殿さまは、村山が直言したこの春のふる舞いに、今なおいたくご立腹である。松平大和守家旧臣の一門とは思えぬとな。だが、村山家改易までは、だいぶ迷っておられた。百日の蟄居閉門でよかろうとお考えであったところを、われらの進言でようやく村山家改易のご同意を得られた。村山家を家中より排除できれば、それでよいとわれらも考えていた。しかし、村山永正の陰謀説で十一人を斬殺したからには、村山家改易だけで済ますのは筋が通らぬことになった。厄介な事態になった」

「上意討ちならば、筋が通るのではござらぬか。村山永正を上意討ちにする。ご家老の尾沼さまは、われら参政がそれしか手はないと説得すれば同意なさる。ご家老とわれらが進言いたせば、江戸屋敷の殿さまも否《いな》とは申されますまい。そのほうらがよきに計らえと、承服なさるはずだ。殿さまが断固たる姿勢をお見せになれば、家中の者はきっと気づき、黙るだろう。藩には今、道理よりも優先すべき事柄があるとな」

第二章　江戸街道

一

翌々日の夜明け前、市兵衛は永富町三丁目の安左衛門店を出た。

江戸から武州川越城下まで、およそ十三里（約五二キロ）の旅である。

牛込《うしごめ》から早稲田《わせだ》、高田馬場《たかだのばば》、雑司ヶ谷《ぞうしがや》をへて、池袋《いけぶくろ》村をすぎ、上板橋《かみいたばし》宿へいたる田畑の道をゆくころ、夜明け前の空が次第に青白さを広げ、東の空の果てに朝焼けの赤い帯がかかった。

朝焼けの空に、烏《からす》の群が飛び交っていた。

いく枚も重なる田畑の向こうに点在する森や林、集落が灰色に沈み、慌《あわ》ただしそうに鳴き騒ぐ鳥の声も聞こえてくる。

上板橋宿の先の石神井川《しやくじい》を越え、川越道を一路、川越城下を目指す旅である。やがて、東の空に一点の白い耀《かがや》きがのぞいた途端《とたん》、見る見る円弧を描いて浮かびあがり、たちまちぼってりとした光の丸みを帯び始め、ほどもなく真っ赤に燃え盛る、鮮《あざ》やかな眩《まぶ》しく輝かしい玉となって、光の雫《しずく》を垂らしながら、天道《てんとう》が野の果てから離れた。

市兵衛は歩みを止めて東の空を見かえり、束《つか》の間、菅笠《すげがさ》をあげて日を浴びた。野も木々も家々もすべてを、今にも焼きつくすかに見えた天道は、神々《こうごう》しくも慈愛に満ちた光で、野を覆っていた。

上板橋宿の往来を抜け、石神井川に架《か》かる板橋に差しかかったとき、反《そ》り橋の上の手摺《てすり》に寄りかかって川面《かわも》を見つめている、ひとりの旅姿の男を認めた。

菅笠をかぶり、山吹文《やまぶきもん》の小袖《こそで》を尻端折《しりはしょ》りに、甲掛《こうがけ》、素足に草鞋《わらじ》を履《は》いた夏らしい旅支度で、道中差をさりげなく帯びている。

肩にからげたふり分け荷物に、縞《しま》の合羽《かっぱ》を畳《たた》んでくくりつけた恰好《かっこう》は、旅慣れた渡世人ふうに見えなくもない。

宿場はすでに目覚めていて、宿をたった旅姿の人通りや、馬次《うまつぎ》をして堆《うずたか》く荷を乗せた駅馬が何頭も繋《つな》がって馬子《まご》に引かれ、板橋を渡っていた。橋板に蹄《ひづめ》を賑《にぎ》やかに鳴らし、尻尾をふり、朝の空にいなないた。

旅の男は、荷馬のいななきに、ふとわれにかえったかのように川面よりふり向いた。肩の荷を手に垂らして手摺に背を凭《もた》せかけ、荷馬が板橋を渡っていくのを見守った。そして、荷馬の後方より板橋に差しかかった市兵衛へ、さりげない眼《まな》差《ざ》しと小さな照れ笑いを寄こした。

ゆるやかに反った橋の上まで差しかかった市兵衛に、男は荷をふり分けにからげ、並びかけて歩み始めた。

「待ってたぜ、市兵衛さん」

「矢藤太、どこへいく」

「この道は川越道だ。川越に決まっているだろう」

「本気か」

「本気じゃなきゃあ、こんなところで市兵衛さんを待ってやしないよ。《宰領屋》の仕事がそろそろ始まる刻限さ。口入屋《くちいれや》の朝は、猫の手も借りてえぐらい忙しいんだ。仕事を探しに大勢押し寄せ、それを手際よくさばいていかなきゃならねえ。今ごろは、主人のおれがいねえから、みなてんやわんやだぜ。はは……」

市兵衛と矢藤太は並んで、真顔と苦笑を交わした。

板橋を渡り、街道をゆく二人の後方に、天道がゆっくりと雲ひとつない空の高みを目指していた。

朝風が心地よいものの、この分だと今日は暑くなりそうだった。

一里（約四キロ）先の次の馬次は下練馬《しもねりま》村である。

「なぜだ、矢藤太」

変わらぬ大股で歩みつつ、市兵衛は言った。

「夕べさ、ふと気にかかったんだ。おれは市兵衛さんに、厄介《やっかい》な仕事の口入を押しつけてしまったんじゃねえかなってさ」

矢藤太はこたえた。

「口入したおれにも、ちょっとは負わなきゃならねえ務めがあるんじゃねえかとさ。だから、この仕事は市兵衛さんひとりに押しつけておくわけにはいかねえ。おれも川越へいくぜ、市兵衛さんの手先になってひと働きするぜって、夕べ急に思いたったた。今日からおれは、当分、市兵衛さんの手先になることに決めた。かまわねえから、無理難題、なんでも言いつけてくれ」

市兵衛は笑ったが、すぐに真顔になった。

「矢藤太、《近江屋》の主人と刀自《とじ》が、松平大和守家の家中はかなり不穏な情勢らしく、それが気がかりと言っていただろう。主人と刀自の話を聞いて、わたしもこの仕事は尋常《じんじょう》なことでは済まないと、そんな気がしてならない。松平大和守家には、まだ表沙汰《おもてざた》にはなっていない思惑や事情が隠れている。それが村山永正の蟄居閉門《ちっきょへいもん》のみならず、村山家が改易に追いこまれている理由に違いない。主人と刀自の気にしている家中の不穏な情勢も、たぶんそれにより引き起こされた。だとすれば、矢藤太の身にも危険が及ぶかもしれないぞ」

「そうかい。いいじゃねえか。そうなったら、そうなったときのことさ。臨機応変。なんとかするのが、こちとら江戸っ子でい。江戸っ子がどんだけできるか、川越の田舎侍に見せてやるぜ」

「生まれと育ちは、京だがな」

矢藤太は、からからと朝日の中に高笑いをまいたが、ふと、何かを気づいたかのように続けた。

「けど、市兵衛さん。夕べふと思ったのは、それだけじゃねえのさ。京の島原《しまばら》で市兵衛さんと悪さをしてたころを、思い出した。あのころはおれたちも若くて、恐いものなんて何もなかった。おれは島原の女衒《ぜげん》で、市兵衛さんは貧乏公家《くげ》の九《く》条《じょう》篤重《あつしげ》さんの用心棒の使いっ走りだった」

「家宰《かさい》だ。使いっ走りではない。使いっ走りもやらされただけだ」

「篤重さんは、他家の同じ貧乏公家の娘を、おれに仲介して手数料を稼ぎ、どうせ身売りをせなあかんのやったら、ちょっとでも割りのええ女衒に頼んだほうが親にも娘にもええやろ、これも人助けや、と嘯《うそぶ》いてはばからなかった」

「したたかな、油断のならない主《あるじ》だった。だが、性根に筋が通っていて、妙に味のある主だった」

「篤重さんの使いできた市兵衛さんとおれは、馬が合った。おれの話が通じる男だとわかった。市兵衛さんとおれは、篤重さんの目を盗んで遊び廻《まわ》り、柄の悪い女衒の親方に睨《にら》まれて、物騒な手下らに追い廻されたこともあった。ひやひやして逃げ廻ったのに、今思えば面白かったな」

「ふむ。面白かった」

「京の島原で市兵衛さんに会ったのは、もう、十六年、いや、十七年前だ。それを思い出したら、堪《たま》らなくなった。わけもなく、市兵衛さんとちょいと川越まで旅がしたくなったのさ」

「身に危険が及んでもか」

「だから、そうなったらそうなったときのことだって。わけなんかねえのさ。そうしたくなった。だから、そうするだけだって」

「よかろう、矢藤太。旅は道連れだ」

市兵衛は言った。

川越道は江戸から西へ豊島《としま》郡、新座《にいざ》郡をへて、入間《いるま》郡の川越城下にいたる。

江戸道とも言い、川越城下までの道中の宿場町は、上板橋宿、下練馬村と白子《しらこ》村には馬次があり、膝折《ひざおり》宿、大和田《おおわだ》宿、そして大井《おおい》宿の四宿である。

膝折宿をすぎて、野火留《のびどめ》村から大和田宿への丘陵の急な坂道をくだるころ、夏の天道は真昼に近い空にのぼっていた。

坂道の上から、二階家や平屋の茅葺《かやぶき》屋根の並ぶ大和田宿が見おろせた。

宿場のずっと先に、柳瀬《やなせ》川の川原の蘆荻《ろてき》が青々と繁《しげ》り、昼の光を照りかえす紺《こん》色の流れが横たわっている。

木々に覆われた丘陵をくだる道には、夥《おびただ》しい蟬《せみ》の声が降っていた。

そのころには、二人はたっぷりと汗をかき、腹もひどく減った。

大和田宿の往来に葭簀《よしず》をたて廻し、《めし》の幟《のぼり》を垂らした茶店で、生姜《しょうが》を刻んだ薬味を汁に浮かべた素麺《そうめん》を二人前ずつ食い、やっと人心地がついた。

柳瀬川には、橋桁《はしげた》に板を敷き並べただけの手摺もない板橋が架かっていた。

川縁では裸の子供らが水遊びに興じていて、眩しい陽射《ひざ》しが、子供らへきらきらと降りそそいでいた。

ただ、野火留村から大和田宿へくだるころ、空には雲ひとつなかった北の果てに、浪《なみ》のような灰色の積雲が、柳瀬川に架かる板橋から見えた。湿った風も吹いてきた。矢藤太が北の空を見やって言った。

「なんだか、怪しげな雲が北の空に盛りあがってきたね。今にもひと雨きそうな気配だ。降れば涼しくなっていいんだが、ずぶ濡《ぬ》れでぬかるみ道をいくのも業腹《ごうはら》だぜ。市兵衛さん、今日中に川越に着けるかね」

「できればそうしたい。近江屋は家中の不穏な情勢を気にかけている。ほんの少しの遅れで、とりかえしのつかない事態にならぬよう、一刻でも早く村山家に近江屋の書状を届け、近江屋の意向を伝えたいのだ」

「そうだな。雨が降ろうが槍《やり》が降ろうが、まずはそれが肝心だ。おれたちが請《う》けた仕事は、とにかく、村山永正と娘の早菜を、無事、江戸の近江屋へお連れすることだしな。よし、急ごう。雨がくる前に川越へ入ろうぜ」

だが、柳瀬川を越え入間郡へ入ってほどなく、夏空は見る見る低い黒雲に覆われ、遠い雷鳴がとどろいた。

冷やりとする風が、街道の砂をまきあげた。

藤久保《ふじくぼ》村をすぎ、馬次のある大井宿の近くまできたとき、黒雲の間に稲妻が走り、雷鳴が田畑のつらなる野を引き裂いた。

そうして、街道はいっそう暗くなり、ぽつり、ぽつり、と雨粒が二人の菅笠に跳ねたかと思うと、たちまち、まるで石礫《いしつぶて》が降ってきたかのような音をたてて、激しく打ち始めたのだった。

土砂降りの雨が道端の樹林を騒がせ、田や畑を灰色の雨煙でくるんだ。

しかも、黒雲の覆《おお》う空には、稲妻と雷鳴が激しく乱舞していた。

水飛沫《みずしぶき》で煙《けむ》る街道には、人っ子ひとり見えなかった。

偶然、一宇《いちう》の寺院が雨煙の暗がりを透《す》かして認められた。街道沿いに表門を開き、高い土塀が境内《けいだい》を囲繞《いにょう》している。

「あそこだ。矢藤太、こい」

市兵衛と矢藤太は、子供のように、わあわあ、と叫びながら駆けた。

土砂降りの雨に打たれたが、門扉《もんぴ》を開いた表門の庇下《ひさし》に飛びこんで、かろうじて、濡れ鼠《ねずみ》になるのはまぬがれた。

二人の菅笠の縁から、雨の雫がしたたり落ちた。

「雨が小降りになるまで、雨宿りをしよう」

市兵衛は菅笠をとり、手拭《てぬぐい》で濡れた顔をぬぐいながら、《地蔵院《じぞういん》》と標《しる》した門の上に掲げた扁額《へんがく》を見あげた。

「仕方がねえや」

と、矢藤太も菅笠をとり、濡れた顔を手拭でぬぐった。

境内の奥の本殿が、降りしきる雨にくるまれて、ぼうっとした形に見えた。鐘《しょう》楼《ろう》が境内の左手にあり、瓦葺《かわらぶき》の屋根を叩《たた》く雨が水飛沫を激しく散らしていた。

鐘楼の後ろに墓地が広がっていて、垂れこめた黒雲の下、墓石や卒塔婆《そとば》を降りしきる雨が洗っていた。

二人は庇下の横木に並んで腰をおろし、雨が街道に夥しい黒い花びらのように泥水を跳ね、庇からは滝のように落ちる雨垂れを黙然と眺めた。

彼方《かなた》の野の林が、雨風に吹かれてゆれていた。

稲妻はなおも走り、そのたびに黒雲の中で雷鳴が吠《ほ》えた。

矢藤太は、濡れた顔をぬぐった手拭を絞りながら言った。

「やっぱりきたね。涼しくなって、ちょうどいいや」

絞った手拭を畳みなおして菅笠の上におき、次に山吹文の小袖の袖を絞った。

雫が庇下の石畳に、ぽとぽと、と垂れた。

「ところで、市兵衛さん、雨があがって道を急いだとして、大井宿から川越城下まででは三里だ。この分だと、川越に入るのは夜ふけになっちまうぜ。旅籠《はたご》はもう閉まってるだろう。市兵衛さん、今夜の宿はどうするつもりなんだい」

市兵衛は物思わしげに雨の景色を見つめ、頷《うなず》いた。

「あてがある。志多《した》町に時宗《じじゆう》の東明寺《とうみようじ》という寺がある。わが兄が東明寺の住持《じゆうじ》と懇意にしている。東明寺に宿を借りられるように、添状を持たせてくれた。東明寺なら、不測の事態に備えるのにも都合がいいだろうとだ。志多町は村山家の拝領屋敷のある蔵町《くらまち》にも近いのだ」

「ああ、不測の事態ね。大いにあり得るね。さすが、偉いお旗本の、兄弟一できのいい兄さんだね。気が利いてる」

「まあな」

「けど、村山永正は百日の蟄居の身で、村山家は閉門を申しつけられたままだ。蟄居は一室に閉じこめられて出られねえし、閉門は屋敷の出入りが禁じられているんだろう。近江屋さんの手紙を、どうやって永正に届けるんだい。娘の早菜にだって、会う手だてはあるのかい」

「蟄居の身の永正さんとは、蟄居の処分が解かれるまで、会うことも言葉を交わすこともかなわないだろう。ただ、閉門は暗くなってからなら、ひそかにだが屋敷の出入りは黙許されているのだ。まずは、今夜中に早菜さんを訪ね、近江屋さんの手紙をわたし、近江屋さんの意向を伝えたい。早菜さんから永正さんに伝わればいい。われらは、永正さんの百日の蟄居が解かれる日まで待ち、そのあとは……」

市兵衛は言うのを止めた。

「そのあとは、父と娘を警護して、江戸の近江屋へ連れていくんだろう」

矢藤太が市兵衛の横顔へ向いた。市兵衛は黒鞘《くろざや》の大刀をはずし、肩に凭せかけていた。

「こちらの都合のよいように事が運べば、むずかしい仕事ではない」

「おれたちの都合のよいように事が運べば、か」

矢藤太は顔を戻し、滝のように落ちる雨垂れと、地面を激しく叩く雨を眺めて呟《つぶや》いた。雷鳴のとどろきが、二人を黙らせた。

ふと、矢藤太が沈黙を破った。

「市兵衛さん、どうして近江屋さんの仕事を請けたんだい。断ってもいいんだぜって、言ったよな。市兵衛さんに口入はしたものの、これは危ねえわけありの仕事なんじゃねえかと、急にそんな気がしてきてさ。実際、話を聞いてみたら相当わけありの仕事だった。考えてもみなよ。神田の口入屋ごときと、半季かせいぜい一季雇いのしがねえ渡り用人が、もしかしたら、十五万石の大大名のお家騒動にかかり合いのある仕事を、請け負うかもしれねえんだぜ。これはいくらなんでも、荷が重いんじゃねえかって思うのが普通だろう。だけど、市兵衛さんは請けた。さすが市兵衛さん、大したもんだ。だからおれも、その気になったってわけだけどね」

「しがない渡り用人か」

市兵衛は、ひっそりと笑った。

「その通りだ、矢藤太。しがない渡り用人が、近江屋さんの金に目が眩《くら》んだのだよ。それと、似ているなと思ったのさ」

「似ている？　何が似ているんだい」

「二十五年前、殿さまの不興を買った堤連三郎は、上意討ちに遭って国を逐電《ちくでん》した。五代続いた堤家は改易になり、連三郎は旅人渡世の末に、江戸の裏店《うらだな》で誰にも看《み》とられずに死んだ。たぶん、連三郎は、自分にずっと負い目を感じていたのではないか。理不尽な上意討ちは、武士として受け入れられなかった。咎《とが》めを受ける謂《いわ》れはない。身に恥じることもない。道理は殿さまにではなく自分にある。だが、武士の矜持《きょうじ》はゆるぎなくとも、代々続いた堤家を失った負い目に、妻と幼い子を捨てた負い目に連三郎は苦しみ、自分を罰するために生きたのではないか。そう思えてならないのだ」

「不運だったとしても、間違った生き方をしたわけじゃねえ。負い目まで感じる謂れはねえだろう。第一、捨てた妻と子はいろいろつらい目に遭っただろうが、結局は、妻は子連れで江戸屈指の大店両替商の後添えになり、子は両替商を継いで豪商と言われる身になった。武士ではなくても、凄《すご》いことだぜ」

「矢藤太、運の良し悪し、実を結んだ結ばなかったではないのだ。そんなふうにしかできない者もいる。そうしないと気が済まない者もいる。みな、不器用なのだ。堤連三郎は、老いて孤独な男の生涯を貫いたのだろう。それが、似ていると思ったのだ」

「わかったぜ。市兵衛さんに似ているんだな。そんなふうにしかできない、そうしないと気が済まない不器用なところがさ」

　矢藤太がまた市兵衛へ向いて言うと、市兵衛は雨の景色を見つめたまま、しばしの沈黙をおいた。

「十三歳のとき、父の片岡賢斎《けんさい》が亡くなり、わたしは片岡家を出た。祖父の唐木忠左衛門《ちゅうざえもん》が烏帽子親《えぼしおや》になって元服し、唐木市兵衛を名乗って旅に出た。そして、わたしはこうなった。片岡家を出ないと、気が済まなかったのだ。近江屋の刀自に、堤連三郎の話を聞かされ、この仕事を請けることを決めた。なぜ決めたのか上手くは言えない。ただ、請けるしかないと思った。この仕事を請けた理由で言葉にできるのは、金に目が眩んだ、ということだけだ」

「生意気な十三歳の小僧だぜ。不器用な市兵衛さんらしいや」

「矢藤太もな。だから馬が合った」

「ちぇ、そうかもな。宰領屋の先代に呼ばれて京から江戸へ下り、先代の娘の亭主に収まって宰領屋を継いだ。隠居になった先代が、おれが宰領屋の主人になってしばらくたってから言ったよ。もっと使えるやつかと思った、見こみ違いだったってさ。おれは腹を抱えて笑ったぜ」

市兵衛と矢藤太は、激しい雷雨にも負けないほどの高笑いを門前にまいた。

二

多賀《たが》町の時の鐘が暮れ六ツ（午後六時頃）を報《しら》せて、一刻《とき》（約二時間）余がたっていた。雨が止んだあと、夏らしくない肌寒い夜になった。

市兵衛と矢藤太は小提灯《ちょうちん》に火を入れ、通町の往来を三番町、二番町、一番町とたどり、上松江《かみまつえ》町をすぎ、江戸《えど》町の往来へ入った。

川越道は江戸へ向かう江戸道でもある。

江戸町は川越城西追手門前の、江戸と川越城下を結ぶ最も主要な通りであり、一名《いちめい》、唐人《とうじん》小路とも言った。

市兵衛と矢藤太は、荷物にくくりつけてきた綿の半合羽を羽織《はお》って、江戸町の通りを北の宮ノ下《みやのした》から蔵町を目指していた。

二人の提灯の明かりが、通りのどの表店もすでに板戸を閉じて二人のほかに人通りのない寂しい夜の町家を、うっすらと浮かびあがらせた。

雨が洗い流したように澄みわたった夜空に、無数の星がきらめいていた。

川越城西追手門前に、小濠《ぼり》と城壁が築かれている。

そこから本町《ほん》へ曲がる角をすぎると、宮ノ下の武家屋敷地になり、番所があった。番士の検《あらた》めに、東明寺の住職を訪ねる江戸の者と手形を見せて伝え、夕方の雨に降られて遅くなったわけを話すと、さして怪しみもされず通された。

やがて、家中では三百石から五百石どりの上級家臣の拝領屋敷が土塀を廻《めぐ》らす、宮ノ下の通りを北へ抜け、東が蔵町の通り、西が宮ノ下の通りとなる東西の往来に出た。

蔵町の通りは伊佐沼《いさぬま》道に通じ、途中、西はずれの番所の木戸をすぎて氷川《ひかわ》社の手前で北へ折れる上尾《あげお》桶川岩槻《おけがわいわつき》道がわかれている。

村山家の拝領屋敷は、氷川社に近い蔵町の屋敷地にあった。

北東側は赤間川沿いに石垣と土塀を築き、赤間川の向こうに寺井《てらい》村や松郷《まつごう》村ののどかな景色を見晴るかすことのできるとてもよいお屋敷です、と近江屋の刀自に聞かされていた。

教えられた小路を北へ折れ、ほどなく村山家の拝領屋敷らしき表門を、小提灯の薄明かりがぼんやりと照らした。

「あれか」

「らしいね」

市兵衛と矢藤太は、ひっそりと言い交わした。

夜は人の出入りを黙許されているものの、表門を叩くのははばかった。

裏門が赤間川側にあって、裏門から数段の石段が川面の橋板におりている。

橋板に小船を着けることができ、江戸からの舟運の荷が新河岸《しんがし》川で小船に積み替えられ、赤間川をさかのぼり、村山家の裏門まで運ばれてくることもあった。

裏門のほうへ廻ると、赤間川の向こうに、刀自から聞いた果てしない星空と漆黒の大地が見えた。

蛙《かえる》の鳴き声が、大地の吐息のように遠くに聞こえていた。

市兵衛は裏門を叩いた。そして、

「ごめん。夜分、畏れ入ります。こちらは村山永正さまのお屋敷とお見受けいたし、お訪ねいたしました。わたくしは江戸の新両替町にて……」

と、しんとした屋敷に濁りのない声を投げた。

重たい沈黙がかえってきたが、市兵衛はくりかえし門を叩いた。諦《あきら》めず、繰りかえし呼びかけた。

すると不意に、門内から男の忍ばせた声がかえってきた。

「お客さまに申しあげます。当屋敷はただ今、ゆえあってお客さまのお迎えをいたしかねております。わざわざのお訪ねのところ、まことに相済まぬことでござるが、何とぞお引きとりいただきますよう、お願い申しあげます」

「わたくしは唐木市兵衛、いまひとり宰領屋矢藤太と申します。この春より、ご当主村山永正さまが藩より百日の蟄居を命じられ、村山家閉門の事情は存じております。その事情について、わたくしどもは、江戸新両替町二丁目にて両替商を営んでおります近江屋のご主人より、当家ご息女の早菜さまへの手紙と村山永正さまへの伝言を託《ことづか》って、本日早朝江戸をたち、つい先ほど城下に到着いたしました。ご当家が閉門ではあっても、日が暮れたのちは、屋敷の出入りは黙許されていると聞いております。ゆえに、この刻限にもかかわらず、あえてお訪ねいたした次第です。何とぞ、早菜さまにお取次を願います」

「江戸新両替町の近江屋さんよりのお遣いにて、本日早朝江戸をたたれ……」

男は沈黙の間をおいた。それから、

「それは、まことにお疲れでございましょう。では、今少々お待ちください。早菜さまにお伝えいたします」

と、門内の男が離れていく気配がした。

ほどなく、門扉が静かに開かれ、老侍らしき白髪の男が手燭《てしょく》をかざし、市兵衛と矢藤太を恭《うやうや》しく迎え入れた。屋敷は、夜目にも庭の広さは知れた。だが、主《おも》屋《や》は質実な趣の、武家屋敷らしい佇《たたず》まいだった。

玄関からあがり、床の間と床わきのある座敷へ通された。

暖かい茶をふる舞われ、市兵衛と矢藤太はひと息ついた。

四半刻後、二人は庭側の腰付障子《こしつきしょうじ》を背に床の間を片側にして、早菜と対座していた。

早菜はやや地味な青朽葉《あおくちば》の小袖を着け、小楢《こなら》色に青い筋目を染めた中幅帯を固く締めていた。端座した姿勢を描かれた絵のようにくずさず、近江屋の主人の隆明と刀自の季枝の意向を認《したた》めた手紙を読んでいた。

艶のある豊かな髪が意外に広い肩にかかり、後ろで束ねて背に垂らしていた。淡い桜色の肌が、行灯《あんどん》の明かりに映《は》えていた。

手紙の文字を追う、細い眉の下の長いまつ毛が、かすかに震えているのがわかった。顔だちは少し丸みを帯び、愁いに沈んでいるものの、それがかえって匂いたつような艶めきを与えていた。

早菜が次の間の襖《ふすま》を開けたとき、矢藤太が思わず、へえ、ともらした感嘆の声が聞こえたほどだった。

早菜は読み終えた手紙を、ひと折りひと折り閉じていき、それを折り封の中に戻した。白く長い指で折り封を持ち、端座した膝の傍らにおいたが、折り封に落とした目を、しばしの間あげなかった。

その仕種《しぐさ》が、言葉にならぬ物思いを映していた。

やがて、その顔をあげ、市兵衛と矢藤太へほのかに潤《うる》んだ眼差しを向けた。そして、屋敷の静けさを乱すのをはばかるように言った。

「江戸の両替商の近江屋さんについては、以前、藩の手形や上方《かみがた》に送る為替などの振り出しを、近江屋さんに依託していた時期があったと、父より聞いておりました。近江屋さんより、このようにご親切なお手紙をいただき、言葉につくせぬほどありがたく、また、心強く思います。唐木さま、宰領屋さま、遠路はるばるご足労をおかけいたしました。痛み入ります」

「いえ、ご足労なんて、とんでもございません」

矢藤太が声をはずませた。

「父が百日の蟄居を申しつけられ、わが家が閉門を命じられた謂《いわ》れには承服いたしかねます。ではございましても、殿さまのご機嫌をいたく損ねるふる舞いがあったからには、武家の習いゆえ致仕方ないことと、父もわたくしも承知いたしております。ではございますが、百日の蟄居閉門が解かれても殿さまのご不興は収まらず、蟄居が解かれたのち、松平大和守家に代々続いた村山家改易もあり得るという家中の動きを密《ひそ》かに知らせてくださる方々もおられ、不安に思っておりました。その動きを父に伝えますと、それが主命ならそれでよい、わたくしにも覚悟をしておくようにと申しておりました。覚悟はしておりましても、この拝領屋敷を召しあげられ、おそらくこの国も去らねばならず、それを思うとやはり不安でございました」

「そりゃあ、そうでございましょうね。お察《の》し申しあげます。生まれ育ったお屋敷を出て、暮らし馴染《なじ》んだ土地からもたち退かなけりゃあならないなんて、誰だって堪《たま》りませんよ」

矢藤太が、今度はつらそうに顔を歪《ゆが》めた。

若い早菜には、やはり一門の改易という不安は重荷に違いなかった。矢藤太へ物憂げに、小さく頷いて見せた。

うな垂れた早菜に、市兵衛はさりげなく訊《たず》ねた。

「永正さまの蟄居と村山家が閉門を命じられた謂れを、早菜さまはご存じなのですか」

「父は一室に籠《こも》り、板戸を閉ざして出ることはできません。でも、食事はわたくしが調《ととの》え運びますゆえ、その折り、板戸ごしに聞いております。父は、このののちわが村山家も自分も、どのような処分を受けるかわからぬゆえ、今のうちに蟄居を命じられた謂れを教えておくと申しまして……」

「近江屋さんのご主人と刀自も、永正さまが百日の蟄居を命じられた謂れは、人伝《ひとづて》に聞かされたのみにて、子細《しさい》をご存じではありません。ただ、近江屋さんは、永正さまの蟄居は解かれても、殿さまはすでに村山家改易の意向を固めておられ、それはまぬがれがたいと、かなり確かな筋からの噂《うわさ》を聞かれたようです」

早菜は俯《うつむ》き、頰に伝う涙を指先でそっとぬぐった。そうして、わずかに胸をはずませ、小さなため息をもらした。

「永正さまの百日の蟄居が解かれるのが、三日後の今月五日。おそらく、蟄居が解かれると同時に、村山家改易の沙汰がくだされます。そうなったとき、われらは永正さまと早菜さまを警護し、無事、江戸の近江屋さんまでお連れいたします。それが、近江屋さんのたってのお希《のぞ》みなのです。近江屋さんには、永正さまに蟄居と村山家閉門を申しつけた藩の処分に不満を抱いている方々が家中におられ、その方々へ藩が圧力を加え、不穏な情勢が高まっているという噂も聞こえており、永正さまと早菜さまの身を案じておられるのです」

「江戸の近江屋さんは、なぜそれほどまでに父やわたくしの身をお気遣いくださるのでしょうか。この手紙には、二十五年前、近江屋さんのご主人の隆明さまとお母さまの季枝さまが、わが父より言葉に余《あま》る恩を受け、お二人が今日ただ今生き長らえているのは、すべて父より受けた恩のお陰であり、今その恩がえしをさせてほしいとあります。父は近江屋さんに、二十五年前、一体どのようなことをしたのでしょうか」

「近江屋さんの手紙には、堤連三郎どののことは書かれてありませんか」

「あります。堤連三郎さまが江戸の裏店で、誰にも看とられず、ひっそりと亡くなっていた。連三郎さまの死を知らせてくれた方より、父の蟄居と村山家の閉門を知らされ、連三郎さまの死が父に恩がえしをするときがきたことを教えてくれたと。それのみにて、どういう事情なのか、わたくしにはわかりません」

「わたしがうかがいましたのは、堤連三郎どのは、二十五年前まで、松平大和守家の山方役、村山永正さまは連三郎どのの七ツ年下の勘定方にて、ともに城下の神道無念流の道場で修行を積まれた友の間柄でした。近江屋さんのご主人の隆明どのは、堤連三郎どのの倅《せがれ》です。そして、刀自の季枝どのは、連三郎どのの妻でした。堤家は享保のころより、秋元家、松平大和守家に仕えてきた五代続く家柄にて、連三郎どの、妻の季枝どの、まだ幼かった倅の隆明どのは、城下新田町の拝領屋敷に暮らしておられたのです。二十五年前、ある事件が起こり、連三郎どのは逐電いたし、堤家は改易となって妻と子は国をたち退いたのです」

早菜は驚きを知られぬよう、市兵衛を凝《じ》っと見つめた。黒目がちな目を、瞬《まばた》きもさせなかった。

「あのとき、堤連三郎どのと妻の季枝どの、倅の隆明どのに何があったのか、それから長い年月をへて、国を追われた隆明どのと季枝どのが、近江屋のご主人とその母親としての今にいかにしていたったのか、その子細は永正さまご自身がよくご承知です。われらは、近江屋さんが村山永正さまより二十五年前に受けた言葉に余る恩に報いるために遣わされました。いかなる恩であったか、堤連三郎どのは何ゆえ江戸の裏店で誰にも看とられず亡くなられたのか、何とぞお父上にお訊ねください。そして、近江屋さんの希みをお父上にお伝えください」

「早菜さま、得体の知れないあっしらがいきなりお訪ねして、さぞかしご不審ではございましょう。あっしは、江戸は神田三河町の宰領屋という店を営んでおりますとるに足りない口入屋でございます。ですが、唐木市兵衛さまは由緒あるお旗本のお家柄で……」

「近江屋さんの手紙には、唐木さまがお旗本の片岡家のお生まれながら、思うところがあって自ら片岡家を出られ、神田の宰領屋さんの口入により、一季や半季の仕事を請けておられると、書かれています。渡り稼業であっても、請けた仕事を忠実に果たす誠実で信頼のおけるお人柄と。宰領屋さんについては、明和《めいわ》のころから三代にわたって、地道に口入家業を営んでおられるお店とあります。矢藤太さんは、宰領屋さんの三代目なのですね」

へへい、と矢藤太は恐縮した。

「唐木さまのお話をうかがい、よくわかりました。重ねて申します。近江屋さんのお申し入れは言葉につくせぬほどありがたく、また、心強く思っております。早速、父にこの手紙を見せ、近江屋さんのお申し入れを伝えます」

「では、夜もだいぶ更けました。われらはこれにて退出いたします。明日、日が暮れたのち、またおうかがいいたします。明日、永正さまのご意向をお聞かせ願います。それでよろしいですね」

早菜は頷いたが、市兵衛らの荷物を見て心配顔になった。

「申しわけございません。わが家は閉門を命ぜられており、お泊りいただくことができません。宿はどちらに」

「ご懸念なく。志多町の東明寺に宿を借りることができると思います。わが兄が東明寺住持の遍念智祥《へんねんちしょう》さまと年来の知己にて、兄の添状をもらっております」

「まあ、東明寺さまは村山家の菩提寺《ぼだいじ》です。東明寺さまは蔵町から宮ノ下へとり……」

三

早菜が支度した湯漬け飯の夜食を、急いでとったあと、市兵衛と矢藤太は、赤間川沿いの裏門ではなく、表のわき門から小路へ出た。

小路は途中、鉤形《かぎがた》に折れ曲がって蔵町の往来へ出る。

東明寺のある志多町は、蔵町を西にとり、宮ノ下をへて喜多《きた》町の通りを北へ折れた先である。

すでに、夜ふけの五ツ半（午後九時頃）をすぎた刻限だった。

澄みわたった星空の下に、屋敷地は深い眠りにつき、彼方に犬の声ひとつ聞こえない静寂が、小路を冷え冷えと閉ざしていた。

市兵衛と矢藤太の手にした小提灯の淡い明かりが、暗い小路にゆれていた。

「市兵衛さん、早菜さまは気丈にふる舞っているが、だいぶ堪えていらっしゃるようだぜ。無理ねえよ。自分のこれまでの暮らしの何もかもが、一変しちまうんだ。まさに耐えがたきを耐えるしかねえって感じだった」

「ふむ。耐えるしかないのだ」

「あんなに器量よしのお嬢さまが、悲しみに懸命に耐えていらっしゃるお姿を拝見していると、こっちも胸が苦しくなっちまうぜ」

「器量よしではなくても、人の悲しむ姿は胸につまされる」

「けど、あの早菜さまが江戸へきたら、さぞかし評判になるだろうな。歳《とし》は二十歳をすぎて、ひとつ二つ、せいぜい三つというところか。近江屋で暮らすことになったら、銀座町の小町娘と、読売《よみうり》が書きたてるだろうな」

「永正どのは蟄居を命じられ、こののちわが村山家も自分もどのような処分を受けるかわからぬゆえ、と早菜どのに言っていたのだ。どのような処分を受けるかわからぬとは、どういうことを想定しているのだろう」

「そりゃあ、百日の蟄居閉門では済まず、改易までの処分が考えられると、永正さまは考えていたんじゃねえのかい。殿さまがそこまで機嫌を損ねるよほどひどいことを、永正さまは言っちまったのかね。愚か者とか、この間抜けとかさ」

「百日の蟄居閉門を命じられた謂れには承服いたしかねると、早菜どのは言っていた。そんな暴言を殿さまに向かって吐いたりはしない」

「そりゃそうだ。地廻りの喧嘩《けんか》じゃあるまいしな」

「永正どのは、藩の政《まつりごと》に異論を唱えた。あるいは上申《じょうしん》したとしても、殿さまに仕える家臣ならばしかるべきことだ。家臣の異論が気に入らなければ、殿さまは退ければよい。それだけのことだ。それを百日の蟄居閉門まで申しつけた。よほどのことなのに、永正どのも早菜どのも承服いたしかねるとは、妙だ」

「なんだい。どういうことだい」

「あとで話す。矢藤太、人がいるぞ」

えっ、と矢藤太は周りを見廻した。

二人は、小路が鉤形に折れ曲がって蔵町の通りへいたる曲がり角へ差しかかっていた。

「前からきたぞ。うしろにもいる」

前方の折れ曲がりの角から、侍と思われる二体の影が現れ、互いに一間《けん》（約一・八メートル）ほど開けて、市兵衛と矢藤太のほうへ向かってくる。そうして、鉤形を曲がってきた後方からもひとりが、草履《ぞうり》を地面にゆるく引き摺って黒い影を見せた。

三体とも羽織を着けており、腰に帯びた二刀の影はわかった。

明かりは手にしておらず、ただの通りがかりには見えなかった。

「なんだい。怪しいじゃねえか」

「暗くなってから、村山家に出入りする者を見張っていたのかもな」

「だとしたら、永正さまの異論に賛同して、家中の動静を夜分にこっそり知らせにくるとかいう、そういう不穏分子を始末するためにかい」

市兵衛と矢藤太は、前の二人とすれ違うため、歩みを速めた。

すると、前の二人は市兵衛と矢藤太の行手を閉ざすように、互いの間を縮めながら、小提灯の淡い明かりの中に入ってきた。

侍らは、袴《はかま》の裾《すそ》近くまで届く対丈《ついたけ》の黒羽織を着け、背裂きの背中に大小の鞘を厳《いか》めしく突き出していた。

「待て。おまえら見かけぬ風体《ふうてい》だな。侍に従者か。何者だ」

ひとりが問い質《ただ》す声を、ぞんざいに投げつけた。

矢藤太は小提灯を後ろへ向け、後方より近づくひとりを照らした。前方の二人と同じ、対丈の黒羽織だった。

「江戸の者です。このお近くのお屋敷に用があって、今宵お訪ねいたし、これより宿へ戻るところです」

市兵衛が声を静めてこたえると、もうひとりが怒声を発した。

「何者かと訊《き》いておるのだ。この馬鹿が。まずは名乗れ」

「はい。そちらさまはどなたで」

「どなただと。こやつ不埒《ふらち》な。不逞《ふてい》な輩《やから》がこの夜ふけにうろつきおって。このま
ま放っておけん。成敗いたしかたなし」

と、途端にいきりたち、長羽織を払った。

「慌てるな。われらは御用を務める者だ。さっさと名乗れ」

初めの侍が、いっそう重い口調で言った。

「わたしは唐木市兵衛と申します。仕える主を持たぬ浪人者です」

「あっしは宰領屋の矢藤太と申します。江戸は神田の口入屋でございます」

「何、浪人者の唐木市兵衛？　それに神田の宰領屋の矢藤太？　乞食侍に口入屋
か。妙なとり合わせだ。おまえら、そこの村山の屋敷から出てきたな。江戸から
わざわざ、村山の屋敷になんの用があって訪ねた」

「村山の屋敷は閉門中だ。人の出入りは禁じられておる。おまえら、処罰を覚悟で出入りしたのであろうな」

「早菜が閉門にもかかわらず出入りを許したなら、早菜も同罪だ。処罰を受けさせねば。さてはおまえら、蟄居の身の永正に会ったのだな」

　後ろの侍が、決めつけるように言った。

「閉門であっても、日が暮れたのちは外との出入りがひそかにならば黙許されるのが、習いではありませんか。ゆえに、暗くなったのちに裏門より訪ね、戻りは早菜さまがこちらよりと申されたゆえ、表のわき門より退出いたした」

　市兵衛は後方の侍を見かえった。

「村山永正さまが、蟄居を申しつけられているのは存じております。われらは、江戸の両替商の近江屋より依頼を請け、早菜さまがおひとりで心細い思いをし、苦労なされているであろうからと、近江屋さんのねぎらいの言葉を伝えにきた。それだけです。ゆえに、蟄居の身の永正さまに会っていないのは、申すまでもないこと。江戸の近江屋は、銀座町に大店をかまえ、幕閣、諸大名をも顧客にいたし、以前は松平大和守家の手形の振り出しや為替のご用も務めていた。ご存じではありませんか。江戸の近江屋にお訊ねになれば、ご不審は解けます」

「戯《たわ》け。近江屋ぐらい知っておる。近江屋がなぜ、おまえらごとき乞食侍といかがわしい口入屋にそんなどうでもよい用を託《こと》づけた。まともな用なら、まともな者に託《たく》したはずだ。おまえら、姑息《こそく》な言い逃れをしおって。いかにも怪しいな。よし、こい。近江屋の用を詳しく聞く」

「断る」

市兵衛は前の二人へ向きなおり、ぴしゃりと言った。

「この夜ふけに明かりも持たず御用を務める者とは、そちらこそ怪しい。江戸ならば、夜ふけに明かりも持たずうろつき廻る者は咎められるぞ」

「こいつ、ただの乞食侍ではないな。わが家中を探りにきた鼠か。正体を暴いてやる。こい」

左の侍が市兵衛の半合羽の左肩へ手をかけた。

途端、市兵衛は小提灯を顔面に投げ、顔を一瞬そむけた隙に肩にかかった腕に上から腕を素早く廻し、巻きとるように肘《ひじ》をねじりあげた。

「痛たたっ」

「許しも得ずに触るな。へし折るぞ」

肘の節が奇妙な音をたて、侍は身体を反らし、両膝を折った。ねじりあげる市

兵衛の腕にすがり、

「ああっ。ま、待ってくれぇ」

と、泣きそうな声で哀願した。

「小癪《こしやく》な鼠が」

今ひとりが刀の柄《つか》をにぎり、踏みこんでくる侍の足下へ、市兵衛は肘をねじりあげた侍の体を転がし、転がった身体と踏みこんだ足がもつれながらも抜刀した手首に手首を交差させて動きを止めると、心窩《しんか》に拳を突き入れた。

ぐうっ、と侍は喉を鳴らし、刀を落とした。鞠《まり》のように身体を丸めて腹を抱えて背後の土塀に凭れかかり、ずるずるとすべり落ちた。

一瞬呆気《あつけ》にとられた背後のひとりが、即座に抜刀して市兵衛に襲いかかっていくところを、横から矢藤太も小提灯を投げ、勢いよく足払いにした。

ばたん、と侍は腹と胸を地面にしたたかに叩きつけた。倒れた侍は、しばし、苦痛に悶《もだ》えた。すかさず、矢藤太は侍の手首を踏みつけにしてにぎった刀をとりあげ、小路の土塀の中へ投げ捨てた。

「物騒な物をふり廻すんじゃねえ」

「いくぞ」

市兵衛が言い、

「承知だ」

と、矢藤太が素早く駆け、二人は菅笠を押さえ、半合羽をなびかせて、鉤形の小路を曲がって走り去った。

小路に捨てられた二個の小提灯が、次第に炎をゆらして燃え出した。

赤々とゆれる炎が、腹を抱えて土塀の下にうずくまった者、その傍らに坐《すわ》りこんで痛む腕を擦《さす》っている者、刀を土塀の中に投げ捨てられて、倒れたままうろたえている者を、空虚なほど静かに映し出していた。


石野満右衛門《いしのみつえもん》、樫田恒三郎《かしだつねさぶろう》、春山豪《はるやまごう》の三人が、裏宿《うらじゆく》の通り、武家屋敷地から本町のほうへはずれた鏡稲荷《かがみいなり》の裏手の、人の背丈ほどの土塀に囲まれた菅留吉の屋敷に入ったのは、半刻《はんとき》後の真夜中に近い刻限だった。

言うまでもなく、横目役頭の菅留吉は不機嫌だった。

眠りについてほどなく、寝間の襖ごしに若党の声がして、不快にも眠りを妨げられた。不機嫌になると恐ろしい主だったが、それを恐れて起こさなければ、もっと恐ろしい咎めを受けた。

若党の用件を襖ごしに聞くと、留吉は黙って上体を持ちあげ布団に胡坐《あぐら》をかいて、があっ、と大きな音をたてて痰《たん》を懐紙《かいし》に吐《は》いた。

それから、気だるそうに立ちあがって、袖なしの羽織を羽織った。

寝間の襖を開け、廊下に端座した若党を冷やかに見おろした。

若党の手にした手燭の明かりが、留吉の浅黒く垂れた頬肉を照らした。

こめかみから頬にかけて、古い刀疵《かたなきず》がある。

「どこにおる」

「勝手の土間にて、お待ちです」

「馬鹿が」

留吉は吐き捨てた。

石野満右衛門、樫田恒三郎、春山豪の三人は、台所の板間に留吉が現れると、慌てて勝手の土間に跪《ひざまず》き手をついた。

留吉は板間のあがり端《はな》までできたが、すぐには言葉をかけなかった。三人を凝っと見おろし、沈黙を守った。勝手の竈《かまど》の火も、台所の板間にきった炉《ろ》の火もすでに落ち、板間には夏らしくない湿った肌寒さがよどんでいた。

留吉の沈黙に耐えきれず、石野満右衛門が声を絞り出した。

「面目、ございません」

続いて二人が、

「面目ございません」

と苦しげに繰りかえした。

「話がしにくい。手をあげろ、うじうじと鬱陶《うっとう》しい。一体、なんのための見張りだ。役たたずめが」

三人とも、手をあげなかった。

留吉は三人を見おろし、顔をしかめて不審を覚えた。

「とり逃がしたのは、唐木市兵衛と矢藤太というのか。素浪人と口入屋だと。妙なとり合わせだな。それが江戸の近江屋の使いで村山の屋敷に入ったか」

石野が平伏した頭をわずかに持ちあげて頷いた。

江戸の近江屋と言えば……

と、留吉は遠い記憶をたぐった。

堤連三郎の名を忘れはしない。

連三郎の妻の季枝が倅の隆明を連れて、江戸の両替商近江屋の後添えに入ったと聞いたのは、二十数年前になる。その話を聞いて、ぞっとするほど嫌な気がしたのを思い出した。

留吉は物憂い気持ちになった。物憂くなると、苦笑いが出た。

堤連三郎は消えた。もうとっくに死んだはずだ。だが、亡骸《なきがら》は見つからなかった。どうでもいい。二十五年も前のことだ。そう思ったとき、

「そうか」

と、独り言《ご》ちた。堤家が改易になったあと、村山永正が季枝と隆明が江戸で暮らせるように、近江屋に託した。余計な世話を焼きおって、それがああなった。村山永正の蟄居と村山家の閉門を聞きつけ、昔の恩に報いるため、近江屋がなんぞ助け舟を出したか。その使いが、得体の知れぬ素浪人といかがわしい口入屋とは、どういうことだ。解せん。

菅は村山永正の育ちのよさそうな顔つきを思い出し、だんだん腹がたってきた。

あんなやつは、成敗してやらねばならぬ。

「菅さま、唐木と矢藤太なる者は、いかがいたしますか」

石野が顔を伏せたまま、指図を待っていた。

一刻も早くこの場を逃れたいのが、見え透いておる。

留吉は三人をねめ廻した。ふと、春山豪の大刀がないことに気づいた。

「春山、おぬし、刀はどうした。小さ刀だけしか帯びておらぬな」

春山の身が、さらに縮まった。

「は、はい。今は、別のところに……」

「なぜ別のところなのだ。鞘は、なぜ大小を帯びておらぬ」

「それにつきましては、鞘は、ございますが」

「鞘はあるが？　本身《ほんみ》がないのか」

「ございます。ございますが、いまここにはなく、別のところに……」

「こたえろっ」

留吉の怒声が屋敷を震わせた。

三人は顔をあげられなかった。

石野がぼそぼそとした口調で子細を話した。石野が話し終えるまで、留吉の冷たい表情が、凍りついて微動だにしなかった。

「もうよい。唐木市兵衛と言う浪人者、存外、使えそうな男だな。近江屋が使いに雇ったそれなりの理由があるのか。それとも、ただの鼠ではないのかも……まさか、幕府の密偵ではあるまいな」

　留吉は考えを廻らすように、薄暗い天井へ目を向け、やがて言った。

「おぬしら、唐木市兵衛と矢藤太の宿を探し出し、二人の動きから片ときも目を離すな。やつらを城下から出してはならん。おぬしらの手で始末し、恥を雪《そそ》ぐのだ。ただし、今すぐではない。一昨日の騒ぎが収まっておらぬ。村山永正の処分が済んだのち、なるべく目だたぬように片づけろ。わかったか」

　低頭のまま、ははあっ、と三人は声をそろえた。

「春山、刀はどうする」

「はい。明日朝、その屋敷へ赴き、庭を探します。かか、刀は必ず、あ、あるはずです」

「屋敷の者には、どう言う」

「どう言うとは……それは、やはりわけを話し」

「わけを話すだと？　自分らは横目役配下の殺生方でと、間抜け面に愛想笑いを浮かべ、前夜何があってと恥を曝《さら》し、犬のように庭を這《は》い廻るつもりか。ああ、あれが萱配下の横目役の殺生方かと、家中の物笑いの種になるつもりか」

「もも、申しわけございません。明日、急ぎ刀屋にいき、買い求めます」

「明日だと。今夜はどうする。今夜は働かぬつもりか。帰って寝るつもりか。戯けが。失った刀は放っておけ。誰の刀か、知らぬふりをしておれ。わしの古い刀をやる。それを持っていけ。だいぶ刃こぼれしておるが、十分使える。唐木市兵衛と矢藤太の首を、おまえが刎《は》ねろ。いけ」

留吉は三人が顔をあげる間も待たず、冷たく背を向け寝間へ戻った。

四

翌早朝、継 裃《つぎかみしも》に身形《みなり》を整えた菅留吉は、本町通りより江戸町の通りに出て、西追手門の三層の櫓《やぐら》を見あげた。

西追手門の門前は、馬出しの土塀が囲う広場になっている。

曲輪《くるわ》を廻る、赤間川より分流した外濠が馬出しの周りをも囲っていて、登城するためには、まず土橋を渡り馬出しへ入る櫓門をくぐり、馬出しの広場を通って追手門正面の土橋をさらに渡り、三層の櫓門をくぐった。

城外と出入りする門は、西追手門のほかに、南追手門、東方の清水門、北方の新郭門ともいう北廓門があり、西追手門が大手である。

横目役の役目柄、菅留吉が登城する機会は滅多《めった》になかった。

頭《かしら》に就《つ》くまでは、裃を着けたこともなかった。

殺生方の身分のときは、羽織袴を着用した。

これこれの行状を探れと、役目はすべて横目役頭の拝領屋敷で指図された。

拝顔すらない殿さまをお支えする執政と参政よりくだされた主命を、忠実に冷徹に果たしてきた。

役目を果たすのに、おのれの命など顧みたこともなかった。

七年前、横目役頭に就き、初めて継裃を着け登城した。大工《だいく》町にあった小屋敷から、裏宿はずれの鏡稲荷裏に拝領屋敷を賜った。

裃姿に拵《こしら》え、粛々と登城する身分になった。なんと晴れがましい。留吉は、おのれの力で、腕で、ついにここまできたと思った。

しかし、上級家臣が住む裏宿に拝領屋敷を賜ってからも、上級家臣同士のつき合いは殆《ほとん》どなかった。

あれは横目役の……

などとひそひそとささやかれ、陰言をたたかれ、警戒された。

なればこその横目役なのだ、役目以外のつき合いなど、かえって家中の非違を検察する役目の邪魔だてになるだけだと、萱は一切《いっさい》気にかけなかった。

留吉には妻と倅がいた。

大工町の小屋敷に住んでいた横目役殺生方のころ、同じ町内の大工職人の娘を妻にした。倅ができたのは、翌年の三十四歳のときだった。

七年前、裏宿の拝領屋敷に移ったとき、妻と倅は妻の大工町の里に戻らせ、それからは何日かおきに妻の里へ菅自身が通う暮らしを始めた。

家臣らの恨みを買うことの多い役目柄である。

隠密に進める仕事が殆どであり、怪しげな風体の配下の者らが屋敷に出入りする。どんな異変が起こるかわからぬ。妻と倅とは不慮の事態を避けるという口実で、別々に暮らさせた。

それに、大工の職人の娘として貧しい町家で育った妻が、上級家臣の住む武家屋敷地で、武家の妻としてふる舞えるとは思えなかった。

しかし、三年前、十三歳になった倅の啓介を妻の里から呼び寄せ、横目役の見習いに就かせた。

倅の菅啓介は、殺生方の配下である。

妻には、暮らしの活計《たつき》になる金さえわたしておけばよい、という考えしかなかった。留吉の心も身体も、役目を果たすためだけに捧《ささ》げてきた。怒りも憎悪も酷薄も、痛苦も悔恨《かいこん》も絶望も、何もかも役目を完遂するためだけに捧げてきた。

日がのぼって間もなく、城内の欅《けやき》や楠《くすのき》、柘植《つげ》の木や楢《なら》の樹林の間では、蟬《せみ》がはや騒いでいた。槍持ち、中間《ちゅうげん》を供に従えた馬上の上士が、大手を中ノ門のほうへ悠々と向かっていく。

留吉は、供に倅の啓介を従えていた。日ごろは、少々粗暴な気性が気になる倅だが、頭に従っての初めての登城に、黒羽織を着け神妙な態《てい》を装いつつも、気を昂《たかぶ》らせているのがわかった。

まだ十六歳。これからだ、と留吉は思っている。

西追手門から中ノ門、下馬場のある三ノ門、二ノ門、そして北門と、本丸までは門が続く。

だが、留吉は次の中ノ門には向かわず、大手南側の内濠に沿って塀が囲う年寄の比賀万之丞の屋敷の門番に案内を乞うた。

表門わきの小門をくぐると、敷石が玄関先へ長々と敷きつめてある。

啓介を玄関先の庇下に待たせ、留吉は比賀万之丞の居室に通った。

手入れのいき届いた居室の庭でも、蟬の騒ぎが絶え間なく聞こえている。

執政である家老・尾沼正源《せいげん》に次ぐ年寄ながら、比賀家は松平大和守家に代々重鎮として仕える家柄で、歳は菅よりもひとつ若い四十八歳である。身分ははるかに上で、横目役頭の身分では本来なら足下にさえ近寄れない。

だが、横目役は本来の務めだけを務めているのではない。

家中のひとにぎりの者にしか知らされていない主命があった。

それを果たすために、横目役にいくつかの指図がくだった。

村山永正の蟄居閉門を機に、下級藩士らの不平不満が高まり、執政の政を批判する声と、村山永正の蟄居閉門を解くべし、の声があがっていた。

執政の家老を中心に年寄中老の参政は、下級藩士らの批判を警戒し、圧力を強めていた。表向きは藩士らの批判を無視したが、裏では、手荒な強硬手段をとった。それを実行するのが横目役で、留吉は指図を比賀より直《じか》に受けた。

その朝、比賀万之丞の屋敷に呼び出された。

比賀は小太りの男である。本丸への登城前の、単衣《ひとえ》の小袖の下腹に博多《はかた》帯を締め、でっぷりと丸い腹を支えていた。留吉と対座すると、分厚い唇を歪めて声を絞り出すように言った。

「決まったぞ。ご家老・尾沼さま、わたしと大室どの、村根《むらね》、田所《たどころ》、高井《たかい》、野々《のの》宮《みや》、みな同意した。だいぶ手間どった。尾沼さまが最後まで、そこまではとためられた。だが、殿さまに隠居を求め幼君の擁立を企てた村山永正を首謀者とする陰謀があり、陰謀に加担した不穏分子には厳罰で臨むと決めて、すでに動き出した事情を申しあげると、致仕方あるまいとだ。あとは、江戸の殿さまの上意のお達しが届くのを待つのみだ。村山永正の百日蟄居の解けるのが明後日の五日。それまでには届くだろう」

「では、いよいよ仕上げでございますな。そのお役目、われらが申しつかるのでございますか」

留吉は身を低くし、上目遣いになってぼそりぼそりと問うた。

「それがな、先だっての六軒町の手入れのような強引な手だてはとらぬ。違う手だてで執り行うことにした」

「違う手だてで？」

「尾沼さまが主張なされたのだ。殿さまの上意を執行するのに、濫《みだ》りな手だては御家門のお家柄に相応《ふさわ》しくない。意趣遺恨を晴らすのではない。あくまで、殿さまに対し無礼を働いた家臣への処罰なのだから、上意討ちはやむを得ぬ始末。武士らしく、往古よりの作法に則《のっと》って粛々と執り行うべきだとな」

「作法に則って？　上意討ちに作法があるのでございますか」

「知らんのか。そうか、おぬしらには無理もない。主君も家臣もともに武士だ。武士ならばこそ、事を行う作法がある。物盗《と》り野盗の類の騙《だま》し討ちではない。そこでだ……」

と、比賀はその手だてを伝えた。

留吉は、着座した膝に節くれだった日焼けした手をおき、蟬の騒ぐ庭のほうへいく分顔を泳がせ、黙然とそれを聞いた。

「仕手《して》は、旗《はた》組の沢戸与七郎《さわとよしちろう》に決まった。甲源一刀流《こうげんいっとうりゅう》免許皆伝の、城下一の凄《すご》腕《うで》と知られておる。歳も若く俊敏だ。永正は神道無念流の使い手だが、もう五十の老いぼれ。それに百日の蟄居により身体が鈍《なま》っておる。よもや、仕損ずることはあるまい。むろん、廻りの役人も腕に覚えのある者らをそろえる」

留吉は顔を泳がせたまま何も言わず、武士ならばこそ粛々とだと、笑止、と腹の中で白々した気分を覚えた。

だが、比賀は留吉の憮然《ぶぜん》とした様子に目敏《めざと》く気づき、厚い唇を突き出して薄笑いを浮かべた。

「不服そうだな」

留吉は比賀に向きなおった。

「沢戸どのが凄腕とは、聞こえております。ただ、気になります。わが配下の者でも、道場では沢戸どのに敵《かな》う者はおりますまい。ではございますが、沢戸どのはまだ二十代。道場での凄腕が、実際の斬り合いの場でその通りになるとは限らぬのではございませんか。五十歳の老いぼれとは申せ、村山は油断のならぬ老練な使い手。甘く見ては手ひどい反撃を受けかねません。日ごろの稽古を実際の斬り合いの場に活《い》かすには、経験が必要でございます。沢戸どのの腕を疑うのではありませんが、経験が浅い。その点が気になります」

「ふむ。経験豊かなおぬしなら、仕損じることはないか」

留吉は沈黙し、むろんだ、と腹の中でこたえた。

「仕手が仕損じたとき、往古の作法ではどのように」

「反撃を加え無事ならば、逐電して以後、差しかまいなしということだ」

「ほう。万が一、沢戸与七郎どのが仕損じて村山永正の逐電を許せば、無罪放免なのでございますか」

「沢戸与七郎ひとりではない。断じて、仕損じはせぬ」

比賀はためらいなく言ったが、すぐに語調を変えて続けた。

「だが、懸念がまったくないとは言えぬ。じつはな、その懸念について大室どのと内々に協議した。尾沼さまは、武士の習いとか作法ということを、妙に気にかけておられる。武士らしく粛々と執り行うべしと言うても、おぬしの言う通り、相手は村山永正だ。万が一ではあっても、仕損じたときの事態にも備えておかねばならぬ。尾沼さまは、武士らしさにも表と裏のあることには目をつむり、ご自分の見たいものしか見ようとなさらぬ。万が一、村山を仕損ずる顚末《てんまつ》になり逐電を許せば、江戸の殿さまは、さぞかしご立腹なさるであろう。当然、松平大和守家は、殿さまに無礼を働いた家臣を上意討ちにもできぬ手ぬるい武門か、と他藩への聞こえが悪くなるのは明らか。あれで徳川家御家門のお家柄かと他藩に陰言をたたかれ、それが将軍家のお耳に達したなら、将軍家より御養子をお迎えする殿さまのご意向を達成する障りになりかねん」

そこで比賀は、庭の蟬の騒ぎにまぎらすように声を低くした。

「もしも、将軍家より御養子をお迎えできなければ、松平大和守家の国替のそもそものもくろみが頓挫《とんざ》する恐れがあり、御養子お迎えの支度の費《つい》えに、これまで藩が抱えた借用金は無駄金になる。そんな事態になれば、殿さまが激怒なされるのは必定《ひつじょう》。われらがこののちも、安泰でいられるわけがない。事と次第によっては、われらに上意討ちの主命がくだされかねん。よって、大室どのと相談いたした。おぬしに命じておく。万が一の事態には、横目役殺生方が速やかにあとの始末をつけよ。すなわち、村山永正の逐電を許すな。上意討ちは武門の作法に則り粛々と執り行われたと、江戸の殿さまにご報告ができるよう、すべてを領内で、目だたず徹底してだ」

沢戸与七郎は武士らしく粛々と、横目役のわれらは、同じ武士でも所詮あと始末か、と留吉は思った。だが、頭《こうべ》を垂れむっつりとこたえた。

「万が一の折りは、仰せのとおりに」

それから頭をもたげ、さりげない口調で言った。

「ひとつ、お知らせいたします。昨夜の五ツごろ、村山の屋敷を江戸からきたという二人組が訪ね、半刻ほどのちに屋敷を出たと、屋敷を見張っておりました手の者より報告がございました」

「何？　江戸からきた者が村山の屋敷にか。江戸屋敷の者ではないのだな」

「それは違うようです。屋敷から出てきたところを呼び止めて、素性を質しますと、ひとりは二刀を帯びた浪人者らしき唐木市兵衛と申し、今ひとりは江戸の口入屋の矢藤太と申す者でございました」

「浪人者と口入屋？　妙な二人組だな。閉門中の村山家にいかなる用があったのか、問い質したのか」

「はい。問い質したところ、江戸は新両替町で本両替の店を営む近江屋の依頼を請け、村山家を訪ねたと申したそうです。近江屋の依頼は、永正が蟄居の身となり娘の早菜がひとりで心細い思いをしているであろうから、近江屋がねぎらいの言葉を二人に託けたと」

「近江屋だと。江戸の両替商の近江屋ならば、幕閣や諸大名のご用を務める大店ではないか。わが藩でも、二十年ほど前まで、手形や為替の振り出しのご用を務めていた。その大店の近江屋が、村山の早菜にねぎらいの言葉だと。高がそんなことのために、浪人者と口入屋に頼んだのか。怪しいな。そんなことなら手紙の一本で済む話だ。江戸屋敷の永正に与《くみ》する者が、百日の蟄居の解ける日が迫っているので、江戸屋敷のなんらかの情勢を永正に知らせるため、その二人組を、近江屋の名を騙《かた》らせて寄こしたのではないか」

「あいや、近江屋がその二人組に、早菜を通して永正へなんらかの託けを依頼したのは間違いないと思われます。近江屋の今の主人の隆明と隆明の母親の季枝は、元はわが家中の郡奉行配下で山方役を務めておりました、堤連三郎という藩士の倅であり妻でございました」

「なんだと。わが家中の者の妻子だったと」

「二十五年前の、山方役の堤連三郎でございます」

「二十五年前の、山方役の堤連三郎？　さて、聞いたような気はするが。わたしは二十三歳だ。まだ家督も継いでいなかった」

「お忘れでございますか。堤連三郎は上意討ちによって落命し、堤家は改易。妻の季枝は幼い倅の隆明の手を引き城下を去り、そののち、江戸の両替商の近江屋の庇護《ひご》を受け、江戸暮らしを始めたのです。村山永正と堤連三郎は、神道無念流の秋山維助道場の同門であり、親しい間柄だったようです。連三郎亡きあと、永正は残された季枝と隆明を哀れみ、江戸の近江屋の庇護を受けられるように手をつくしたのです。永正は代々勘定方を務める家柄ゆえ、当時、わが藩の手形や為替のご用を務めていた近江屋の先代主人と、どうやら役目以外でも親交があったのでございましょうな」

比賀は、むっつりとした顔つきを留吉に向け聞いている。

「いきさつは存じませんが、季枝はのちに、近江屋の先代の後添えに迎えられ、倅の隆明は近江屋の跡とりとなったのです。三年ほど前でしたか、先代の近江屋が亡くなって、倅の隆明が近江屋を継いだと、聞こえております。すなわち、季枝と隆明は夫であり父であった連三郎を失い、路頭に迷いかねないところを、永正に救われたのです。近江屋の隆明と季枝にとって、村山永正は命の恩人も同然。永正の蟄居閉門を聞きつけ、二十五年前の恩をかえすため、唐木市兵衛と矢藤太なる者になんらかの用を託けたのは、間違いないと思われます。ただし、その用に身分もない浪人者といかがわしい口入屋というのが解せません。ねぎらいの言葉だけであるはずもございますまい」

「堤連三郎を上意討ちにした仕手は、誰だ」

「それがしは二十四歳にて、横目役殺生方でございました。頭より堤連三郎上意討ちの命を受け、夏の払暁《ふつぎょう》、赤間川を越えた上寺山村の小川道に待ち伏せ、役目を果たしたのでございます」

「そうか。思い出した。堤連三郎は、武州の身分の低い地侍であったな。先祖は百姓で、肥溜め臭い田畑の営みについて、お上の政に難癖をしつこくつけておったと聞こえていた。地侍の分際が、偉そうに藩の政に嘴《くちばし》を容《い》れおって、あんな無礼者はお手打ちにすべきだと思っていた。とうとう、殿さまの怒りを買って上意討ちになったと聞いて、当然の処罰だと思ったのを覚えているぞ。だが、あのとき確か、堤連三郎の亡骸は……」

と、言いかけたところで、比賀は留吉を見つめた。

留吉は蝉の騒ぐ庭のほうへ眼差しをやり、平然としていた。庭に降る朝焼けの陽射しが、次第に白みを増していた。

「よい。それより、唐木市兵衛と矢藤太なる者、近江屋からどのような用を託けられたのか、念のため確かめておけ。それしきの者らに託けるのだから、どうせ大した用ではあるまいが、幕閣のご用も務める大店の近江屋のことゆえ、このたびの村山永正の処置が、のちのち藩に厄介な事態を招かぬよう、用心せねば。菅、よいな」

留吉は庭のほうへ向けていた眼差しを戻し、

「早速、仰せのとおりに」

と、白々しい素ぶりで言った。

五

昼下がり、村山家の表門が激しく叩かれた。

庭の木々で騒いでいた蝉が、門扉を打つ音に驚き、何事が起こるのか様子をうかがうかのように静まりかえった。表門は繰りかえし、執拗《しつよう》に叩かれた。

老侍の富山小左衛門《とみやましょうざえもん》が小走りに表門へいき、門扉ごしに門外へ声を投げた。

「どなたさまでございますか。こちらは村山永正さまのお屋敷でございます。そのように激しく門を叩かれましては、ご近所に迷惑でございます。何とぞお静まりくださいませ」

「門を開けろ。御用の筋により、当屋敷の者に訊ねることがある」

「御用の筋と言うておる。さっさと開けぬと、門を打ち破ることになるぞ」

別のひとりが、太鼓を打つように拳を振りかざして叩き、門扉をゆらした。

「おやめください。当家はただ今お上のお申しつけにより、出入りが禁じられております。開門いたすことはできないのでございます。御用の筋と申されますのは、どなたさまのいかなる御用でございますか。出入りを許すお達しか、藩の書状をお持ちでございますか」

「たわけたことを申すな。おのれは奉公人であろう。使用人の分際で藩の御用に逆らう気か。主の村山永正が蟄居を命じられておるのは、わかっておる。早菜を呼べ。早菜に問い質すことがあるのだ」

「奉公人でございますゆえ、藩のお許しがない限り、門を開けてはならぬと早菜さまに申しつけられております」

「ええい、聞き分けのない愚鈍なやつめ。藩の御用だと言うておるのが、わからぬか」

「早菜を出せ。早菜、出てこい。門を打ち破るぞ。よいのか」

男らは大声をあげて門前を騒がせ、いっそう激しく叩いて門扉をゆらした。

小左衛門は、ゆれる門を懸命に押さえながら言った。

「おやめください。お引きとりください。おやめください……」

そのとき、早菜の笛を奏《かな》でるような声が門外へ投げられた。

「お静まりください。ただ今門を開けますゆえ」

早菜の声で、門前の騒ぎが止んだ。

「仕方がありません。小左衛門、わき門を開けて差しあげなさい」

「は、はい。お待ちください。ただ今わき門を開けますゆえ」

わき門を開くと、同じ黒羽織を着けた男らが、この隙を逃すまいとしてなだれこんできた。五人いた。袴の裾近くまである対丈の長羽織で、みな素足に草履をつけていた。

背の高い屈強な体軀《たいく》の者もいたが、中背の小太りの男もいた。

ひとり痩身の俊敏そうな身体つきの、まだ若衆の年ごろと思われる男が、草履を引き摺り、長羽織の裾をひらめかせ、早菜のほうへ進み出た。

顎の尖《とが》った生白い面長に、高い鷲鼻《わしばな》と、酷薄そうな険しいひと重の目つきを、早菜へ魅入《みい》られたかのようにそそいだ。

その日の早菜は、涼しげな青竹色の小袖を着け、表門から玄関にいたる敷石の中ほどに佇立《ちょりつ》していた。長い髪が両肩へゆるやかに流れ、束ね髪にして背中に垂れていた。

男らは、村山家の早菜を間近に見たのが初めてだった。

城下でも美しいと評判の息女であった。

地味ながらなお映える艶《あで》やかさにたじろぎ、荒々しくなだれこんだものの、誰も何も言い出さなかった。

早菜のほうへ進み出た若衆《わかしゅ》は、落ち着かぬ様子で、やっと早菜から解き放たれて目を逃がし、庭や主屋を見廻した。

しかし、この若衆がほかの四人の頭だった様子に見えた。

静まっていた庭の蟬が、また一斉に騒ぎ出した。

「昨夜、二人組がこの屋敷に入ったな。閉門を命じられているにもかかわらず、禁を破ったこと不届きなり。二人組はなんの用があって屋敷に入った」

若衆が唇を尖らして言った。

「藩のお役目とうかがいました。お役目ご苦労さまでございます」

早菜は膝に手をそろえ、若衆へ辞儀をした。

「当屋敷は藩より閉門を申しつかっております。ただ今のように、門前にて藩の御用と声高に騒がれ、致仕方なくお入りいただきました。もし、このことが藩の御用でなければ、藩の命にそむいたことになります。お訊ねにおこたえいたす前に、ご姓名とお役目をお聞かせ願います」

早菜は若衆から、背後の四人へ黒目がちに見開いた目を向けた。

四人は戸惑った。藩の御用と言ったが、頭の菅留吉に昨夜の二人組の宿を見つけ出して見張れと命じられたため、この屋敷に乗りこんだ。

ただし、藩の命じた閉門の禁を犯して乗りこんでよい御用かどうかは、曖昧だった。

早菜に問い質せばすぐにわかる。みなこい。

と、菅留吉の倅の啓介に率いられて乗りこんだにすぎない。

菅啓介は十六歳の若衆ながら、横目役頭の菅留吉が父親ゆえ、みなに一目おかれている。腕は父親譲りながら、気性が粗暴だった。

四人は早菜に問われ、なだれこんだ勢いはたちまち消沈した。互いに顔を見合わせ、「まずいぞ」「そうだな」と、ひそひそ声を交わした。

しかし、啓介はことさらに気張《きば》って言った。

「おう。われらは横目役頭菅留吉さまの配下の者だ。当屋敷が閉門を申しつけられているにもかかわらず、胡乱《うろん》なる者の出入りしておる様子ゆえ、検めにきた。二人組がいかなる用で訪ねたか、包み隠さず白状しろ。さもなくば……」

「みなさまは横目役の方々にて、これは横目役頭菅留吉さまのお指図なのでございますね。なにとぞ、ご姓名をお聞かせ願います」

「さ、指図というか。それがしは、菅啓介だ」

後ろは、石野満右衛門、樫田恒三郎、春山豪、神谷浩次《かみやこうじ》の四人だった。

「わかりました。おこたえいたします。閉門を命じられていても、屋敷の出入りは、日の暮れたのちは密かにならば黙許されております。ゆえに、お二方は昼間をさけ、暗くなったのちに訪ねてこられたのでございます。お二方は、おひとりは唐木市兵衛さま、今おひとりは矢藤太さま。江戸の両替商の近江屋さんよりのわたくしどもへ託けを、お二人方がお届けくださったのでございます」

託けのご用は……

と早菜はありのままにこたえた。

ただ、市兵衛と矢藤太が退出した昨夜、蟄居の部屋を閉じた板戸ごしに父親の永正から聞かされた、二十五年前、近江屋の隆明と季枝と永正との間にあった事情や、近江屋が江戸で調べてわかった、藩の上層部で村山家改易の協議がなされているらしいことは伏せた。

それらは、村山家の内々のすぎたことと行末《ゆくすえ》の事柄であって、父親が蟄居を解かれたのち、村山家が改易を申しつけられるとしても、今にいたっては、藩の御用にかかり合いのない、この若衆に話しても甲斐《かい》のないことだった。

のみならず、二刀を帯びて体裁をつくろっても、武士の志の感じられないこの若衆と相対していることが、早菜はひどく苦痛でもあった。

「それだけか。たったそれだけの用に、近江屋は何ゆえ素浪人といかがわしき口入屋に託けた。それだけの用なら、もっとまともな者に託けるべきではないか。素浪人や口入屋ごとき胡乱な者に託けねばならぬ、胡乱な用がほかにあったからではないか。それを隠しているのではないか」

啓介は唇を尖らせ、語気を強めた。

「おやめください。ご浪人さまであっても口入屋さまであっても、唐木さまも矢藤太さまも、近江屋さんの依頼を請けられ、わたしどものために務めを誠実に果たしてくださったのです。身分や稼業で、人を胡乱なと決めつけるのは愚かなことです。近江屋さんのご用がご不審なら、唐木さまと矢藤太さまに託けられたことに合点がいかぬのであれば、何とぞ、近江屋さんにお訊ね願います。近江屋さんのお店は江戸の新両替町二丁目でございます」

「近江屋の店など、聞かずともわかる。唐木市兵衛と矢藤太の宿はどこだ。おまえが隠すのなら、二人に問い質すしかあるまい」

「唐木さまと矢藤太さまに、宿をお知らせしてよいかどうか、お訊ねいたし、そのうえで」

「なんだと。御用で訊いておるのだぞ。姑息な言い逃れをする気か。唐木も矢藤太も、こそこそと逃げ廻りおって」

「唐木さまと矢藤太さまが、こそこそと逃げ廻った？　あっ、もしやそれは……昨夜、小路の先の柴田《しばた》さまのお屋敷の近くで、数名の方々の諍《いさか》いがあったそうでございます。すでにお休みであった柴田さまが騒ぎに気づかれ、小路へ出てみると、捨てられた小提灯が燃えていて、もう誰もいなかったそうでございますが、人の去っていく気配がしたと、柴田さまは仰《おつしや》られたそうでございます。柴田さまにお仕えの若党が、今朝方わが家に問い合わせてこられ、小左衛門が門ごしに聞いたのです。小左衛門、そうでしたね」

早菜が、後ろに控えている小左衛門へふり向いた。

「はい。若党の吉村《よしむら》さまが、今朝方、問い合わせてこられ、入っていただくわけには参りませんので、門ごしにうかがいましたところ、柴田さまのお屋敷の庭には大刀の本身のみが、一刀捨ててあったそうでございます。まことに怪しく、捨てておけぬゆえと、吉村さまは仰っておられました」

次いで、早菜が言った。

「それで、唐木さまと矢藤太さまがお戻りになられる途中で、何かあったのではと、気になっておりました。もしかして、みなさま方は、唐木さまと矢藤太さまにもうお訊ねになられたのでございますか」

早菜は啓介を見つめた。それから、石野満右衛門、樫田恒三郎、春山豪、神谷浩次の四人へ、淡い桜色の顔を向けた。

四人は、決まりの悪そうな素ぶりで早菜の眼差しをそらした。

「おまえが訊くのではない。こちらが問うておるのだ。唐木市兵衛と矢藤太なる者、どこの宿におる」

「もう申しあげました。今はおこたえできません。後日、お訊ねください」

「ならば、おまえを捕えて身体に訊くまでだ。それでよいのだな」

「何を仰います。わが村山家は勘定方頭の家柄。横目役頭配下のあなたが、村山家の者を捕えて身体に訊くなどと、そのような雑言、無礼ではありませんか。横目役のあなたが、身分違いの非違を犯すおつもりですか」

早菜の鋭い言葉に、啓介は言いかえすことができなかった。

「啓介、もういくぞ」

「相手にするな。無駄だ」

石野満右衛門と樫田恒三郎が啓介の背後に寄り、ささやきかけた。啓介は忌々しそうに舌打ちし、わき門のほうへ戻っていく四人のあとに従った。

蟬の騒ぎが、引きあげていく男らを嘲笑《あざわら》うかのように庭中に沸いていた。

早菜は、わき門をくぐり出ていく五人へ、膝の青竹色に映える白く長い指の手をそろえ、丁寧な辞儀を投げた。

「何があった。少々騒がしかったな」

板戸を隔てた部屋で、父親の永正の静かな声が訊いた。

「はい。横目役の侍が五人、唐木市兵衛さまと矢藤太さまが、昨夜訪ねてきた事情を質しにきたのです。それから、お二人の宿を教えろとしつこく。大店両替商の近江屋さんの遣いに、ご浪人の唐木さまと口入屋の矢藤太さまのとり合わせを訝《いぶか》しんで、何ゆえかと、不審を募らせているようです」

早菜は、離れの濡れ縁に腰かけていた。

「つまらぬな。人の親切や善意を、疑うことしかできぬとは」

「まことに」

早菜は、夏の空に浮かぶ雲を見あげ、呟いた。

濡れ縁は茅葺屋根の庇の陰になっていて、赤間川のほうから、土塀を越えて吹いてくるほのかな風が心地よかった。表の蟬の騒ぎは届かず、赤間川の彼方の杜《もり》や野を飛び交う鳥の声が聞こえていた。

父が百日の蟄居を続けている離れは、間仕切を釘《くぎ》で止めて開かず、濡れ縁側の明障子《あかりしょうじ》に板戸を張り廻らし、厠《かわや》の窓すらふさいで、昼の明るみは板戸のひと筋の隙間からしか射さない、風通しの悪い四畳半だった。

濡れ縁側の板戸に、父の食事の膳を運び入れる小窓があった。

早菜はその戸を引き、膳を差し入れる。食事が済むと、濡れ縁に膳と碗《わん》などが出されている。

この百日、早菜と父が言葉を交わすのは、膳を運び下げる折りだった。

早菜は、父が百日の蟄居を命じられて以来、日が落ちてから目だたぬように訪ねてくる縁者や父に賛同する藩士から知らされた、家中の情勢や人の動き、家中でささやかれている噂評判などを、離れの濡れ縁に坐って父に伝えていた。

先月の末ごろ、荻野秀治《おぎのひではる》と下村文吉《しもむらぶんきち》という藩士がきて、村山家改易の撤回を求める訴えを連名で家老の尾沼正源さまへ出すため、その集まりを明日開くことになったと、早菜は聞かされていた。

それから、荻野秀治と下村文吉はまだ姿を見せていなかった。

集まりを開いた日から三日目になり、明後日の五日は百日目である。集まりがどうなったのかと、早菜は気がかりだった。

今朝になって、台所働きの下女がご用聞の業者から聞いた話を早菜に伝えた。

下女が聞いたのは、二、三日前、城下南の郷分町の六軒町で藩士同士の喧嘩騒ぎがあって、大勢の死者が出たらしい事件だった。

「物騒なことでございますね」

と、業者は話していたそうだ。

事件の子細は不明なものの、早菜は不吉な予感に胸を締めつけられた。

しかし、早菜はその事件を父には話さなかった。もしやそれは、と父が気に病むに違いないと思ったからだ。

昼さがり、横目役の五人が屋敷に押しかけてきた。

五人が諦めて引き退《さが》ったあと、早菜は離れの父に、たった今斯《か》く斯く云々《しかじか》のことがあったと、板戸ごしに伝えたのだった。

父は食事の膳を運び入れる板戸の小窓を開け、小窓から射す外のわずかな明るみに、両の掌《てのひら》をあてていた。昼間もほとんど暗がりに包まれた部屋を出ることができないため、貴重な外の明るみを掌で掬《すく》いとっていた。

やがて、明るみにあてた小窓の掌が早菜に話しかけるように、父の淡々とした口調が聞こえた。

「菅啓介は、横目役頭の菅留吉の倅だ。三年前、見習いで菅の従者についたと聞いた。まだ十六歳の若衆だが、そのような仕事をしているのだな。粗暴な気性らしい。父親の留吉もそういう男だった。執念深い。気をつけねばな」

「はい」

「唐木市兵衛どのは、剣術はできそうか」

剣術はできそう？　と早菜は空の雲を見あげて呟いた。

「背丈は高いのですが、痩せていらっしゃいます。目鼻だちははっきりしていらっしゃいます。でも、少し下がり眉で、優しげというか、なんとなく頼りなげというか。むしろ矢藤太さまのほうが、背は低くても、頑丈そうな身体つきに、お見かけしました」

そう言って思わずおかしくなり、くすくすと笑った。

「どうした。おかしいか」

「いえ。別に……」

「菅留吉は間違いなく、この屋敷の周りに手の者を見張りにつけ、日が暮れてから誰が出入りするか、見張りをつけているはずだ。昨夜の戻り、唐木どのと矢藤太どのは見張りに問い質されただろう。横目役はみな荒っぽく、容赦がない。柴田家の屋敷の庭に捨ててあった刀の本身が誰のものか、気になるが」

「たぶん、その刀は唐木さまのものではないと思います」

「なぜだ」

「あの方には似合いません。刀の本身だけを捨てていくなんて」

早菜はそう言いかけて、急に気恥ずかしさを覚えた。

明るみに掌をあてていた小窓の手が、いつの間にか消えていた。明るみは小窓のそばの古い畳を照らしている。

「荻野秀治と下村文吉は、あれから姿を見せぬか」

「お見えになりません。集まりでどのような話し合いが行われたか、知らせてくださるはずなのですが」

「そうか。気にかかるな」

「何が気にかかるのですか」

「家臣が藩へ訴えを出したとて、改易を決めた主命が変わるはずがない。それはいい。ただ、そのような集まりを開くことが藩に知られたら、藩は強硬な手段で取り締まりを行うかもしれない。謀反の密談をするのではない。大したことではないのだが、お上の政を批判するとは不届き、ということだ」

父の声が言った。

そのとき早菜は、やはり話しておくべきだと思った。

「父上、今朝ほど聞いたのですが……」

早菜は、二、三日前、六軒町で起こった死人を沢山出したという、喧嘩騒ぎの話をした。

「荻野さまと下村さまの仰っていた集まりとは、かかり合いのない、別の事件かもしれませんが」

するとと父は、しばらく黙っていた。

早菜は沈黙が気になった。小窓のほうへ顔をかしげ、「父上」と呼びかけた。

すると、

「しばらく考えたい。ひとりにしてくれ」

と、小窓の引戸が中から閉じられた。

第三章　居合斬り

一

東明寺境内《けいだい》の樹木で、ひぐらしの声が聞こえる六月四日の昼、お城よりの使者が蔵町の村山家に到着した。

使者は、本日四日、永正の百日の蟄居《ちっきょ》と村山家閉門《へいもん》を解《と》く旨と、明朝四ツ（午前十時頃）登城し、城代家老尾沼正源より上意を承《うけたまわ》るべし、と永正に伝えた。

すなわち、江戸出府中である主君矩典《とものり》さまに代わって、城代家老尾沼正源の出座のもと、上意が永正に伝えられるのである。

東明寺の市兵衛と矢藤太に、早菜より蔵町の屋敷に来訪を乞う知らせが届いたのは、午後の八ツ半（午後三時頃）すぎであった。

市兵衛と矢藤太が、蔵町の村山家を訪ねると、老侍の小左衛門が顔を皺《しわ》だらけにゆるませて、表門に二人を出迎えた。そして、玄関から永正の居室へ案内した。

一昨日と昨日、日が落ちてから訪ねたときは、閉門ということもあってか、屋敷中がひっそりと静まっていた。

だが、閉門の解かれた昼間の刻限、台所などに人の話し声や働くざわめきが聞こえ、暮らしの息吹きが屋敷の中にそこはかとなく感じられた。

濡《ぬ》れ縁《えん》ごしの庭で蟬《せみ》が騒ぐ居室で、永正と早菜が手をつき、市兵衛と矢藤太を迎えた。市兵衛と矢藤太が訪ねるまでに、永正は沐浴《もくよく》して百日の垢《あか》を落とし、髭《ひげ》と月代《さかやき》を剃《そ》って白髪の混じる髷《まげ》を固く結いなおし、地味ながら身綺麗《ぎれい》な小袖《こそで》の装《よそお》いに着替えていた。

痩身ながら肩幅があり、背筋も伸びて屈強な体軀《たいく》は、五十という年齢を感じさせなかった。

顔だちに気品があり、早菜は父親似だった。

ただ、ほぼ百日の蟄居に耐えてきた疲労と、内面に抱えているかに思われる苦悩や悔恨《かいこん》が、表情を陰《かげ》らせていた。

永正が、まだ疲労の癒《い》えぬ声で名乗った。

「村山永正でございます。唐木市兵衛どの、宰領屋矢藤太どの、遠路わざわざご苦労さまでございました。江戸の《近江屋》隆明どの、季枝どのより不肖のわが身に余る濃《こま》やかなるお手紙をお届けいただき、礼を申します。近江屋隆明どの、季枝どのの手紙を拝読いたし、ありがたきお心遣いご厚情に、感動いたし心が震えました。有体に申しますならば、助かった、という気持ちでございます」

永正は顔をあげ、市兵衛と矢藤太にかすかな笑みを寄こした。その顔には、内に抱えた苦悩や悔恨で陰ってはいても、若きころの、さぞかし凛《りん》としていたであろう面影をとどめていた。

隣の早菜は俯《うつむ》き、父親の言葉にさりげなく頷《うなず》いていた。

「村山永正さま、お初にお目にかかります。百日の蟄居を済まされ、ご苦労さまでございました。唐木市兵衛でございます」

「あっしは、神田三河町に《宰領屋》を営みます矢藤太でございます。村山永正さま、まことにお疲れさまでございました」

市兵衛と矢藤太は名乗った。そして、

「すでに早菜さまよりお聞き及びでございましょうが、このたび近江屋さんよりわれらが託《ことづか》りましたご用を、今一度お伝えいたします」

と、市兵衛が改めて言った。

「うかがいます」

それから、夕方が迫り昼間の暑さも収まって、汗染みてしっとりした肌に心地よい夕風が、音もなく居室へ流れてきた。庭を囲う土塀を覆《おお》う夕方の空を、烏《からす》が鳴きわたっていった。

市兵衛が話し終えると、永正と早菜は頭《こうべ》を垂《た》れた。

「近江屋さんのご意向、承りました。あまりにありがたく、感謝の言葉が見つかりません。近江屋隆明どの季枝どのに、恩がえし、などと言われますと面映《おもは》ゆい。わたしにできるわずかな、当然の手助けをしただけです。たったそれだけのことを、二十五年も忘れずにおられたとは、なんということだ。二十五年前の、わが友・堤連三郎の姿が甦《よみがえ》ります」

「では、われらは江戸の近江屋さんまで、お供いたします」

「よろしく、お願いいたします」

永正と早菜は、再び頭を垂れた。

「しかしながら、唐木どの、矢藤太どの……」

と、永正は言った。

「わたくしの蟄居とわが家の閉門は解かれましたが、明日登城いたし、江戸在府の殿さまの上意を承らねばなりません。わたくしのふる舞いが殿さまのご不興を買い、近江屋さんにご心配をおかけした通り、上意によりわが村山家の改易はまぬがれがたく、近々、この拝領屋敷をたち退《の》くことになります。ただ、そののちのわが身とわが娘早菜の始末について、わたしに少々存念があるのです。心ある者は心を知り、信ある者は信を知ると言います。お二方には今日初めてお会いいたしたにもかかわらず、初めてという気がしません。以前より存じあげている親しい知人が訪ねてきた、そんな気分なのです。そろそろ夕餉《ゆうげ》の刻限。唐木どの、矢藤太どの、おそらくこの屋敷での最後となる宴《うたげ》におつき合いください。お二方と一献酌《こんく》み交わし、二十五年前、近江屋隆明どのの父親であり季枝どのの夫であったわが友・堤連三郎の身に起こった出来事を、お聞きいただきます」

早菜は蒼《あお》ざめた顔を伏せ、身動きひとつしなかった。

「このことは、早菜にも話してはおりませんでした。これまでずっと、話すことはあるまいと、思っておりました。一昨日の夜、唐木どのと矢藤太どのが江戸よりわざわざ訪ねてこられ、近江屋さんのありがたい手紙と託《ことづ》けを届けていただきました。二十五年前のあの出来事が甦ってまいり、早菜にもわけを話さなければならぬときがきたのだと、気づかされました。唐木どの、矢藤太どの、お二方にも話しておかなければならぬのです。連三郎さんが、何ゆえそうしなければならなかったか、それをお聞きいただければ、わたくしの存念が何ゆえか、おわかりいただけるはずです。よろしゅうござるな」

「お聞かせ願います」

市兵衛は言った。

矢藤太は首を何度も上下させた。

老侍の小左衛門は、夏空の陽射《ひざ》しが少しやわらぎ出した七ツ(午後四時頃)前、新田町の往来をとり、一番町、二番町をすぎ、三番町にいたった。その往来は、所沢《ところざわ》から府中《ふちゅう》へいたる府中道である。

徒士《かち》組荻野秀治の組屋敷は、三番町にある。

小左衛門は、組屋敷を囲む古びた板塀の木戸を押し開け、通りがかりもまばらな板葺《いたぶき》屋根の屋敷地を、うろうろと見廻《まわ》しながら歩んだ。

徒士組の下城にはまだ間のある刻限だった。

やがて、小左衛門は一棟の腰高障子の戸前にいたった。腰高障子には、忌、と記した白紙が貼ってある。

「ごめん。こちら、徒士衆五番組の荻野秀治どののお住まいとお見受けし、お訪ねいたしました。ごめん、ごめん、どなたか……」

小左衛門は、腰高障子を軽くゆらすように打った。

質素な屋敷の中に、人の気配がしていた。すぐに障子戸の中に人の影がうっすらと差し、建てつけの悪い戸が引き開けられた。

黒無地の喪服姿の後家と思われる年増が、小左衛門へ蒼ざめた顔をわずかにかしげた。五、六歳の童子ともっと幼い童女が、後家の左右に並びかけ、小左衛門をぼうっと見あげていた。

童女のつぶらな黒い目が、人形の目のように瞬《まばた》きしなかった。

家の中に、供えた線香の香りがかすかに嗅《か》げた。

小左衛門は童女に笑いかけ、それから後家に辞儀をした。

「それがし、勘定奉行さま配下三番組勘定頭村山永正さまにお仕えいたす富山小左衛門と申します。本日、わが主《あるじ》・村山永正さまが、こちらのご亭主荻野秀治さまの身罷《みまか》られた由をお聞き及びになられ、本来ならば、主が弔問《ちょうもん》にお訪ねいたすべきところ、主は事情がございまして屋敷を出ることがかないません。よって、それがしが主に代わり弔問におうかがいいたしました。心より、お悔《く》やみを申します。祭壇に線香をお供えいたしたいのでございますが」

後家は、「はあ」と力ない声でこたえた。しかし、どうぞとは言わなかった。眼差《まなざ》しに戸惑いを浮かべ、しばし考えていた。

そして、声をひそめ恐る恐る訊《き》いた。

「村山永正さまは、蔵町にお屋敷のある、ただ今蟄居の……」

「さようでございます。荻野秀治さまは、杉原町にお住まいの普請方の下村文吉さまとともに、とき折り、村山家の屋敷にわが主を訪ねて見えられ、それがしもご挨拶いたしたことがございます」

小左衛門は声を落として言った。

後家は目を伏せた。

「そんなことをしているから、殿さまのご機嫌を損ねて。下村さんも一緒に、こんなことになってしまったんです。十一人もの方が、全部……」

伏せた目から、涙の雫《しずく》がぽたぽたと滴《したた》った。左右の子供らが、不安そうに母親を見あげていた。

「十一人も全部とは？　お内儀《ないぎ》、本日、主が聞き及びましたのは、四日前、六軒町において喧嘩《けんか》騒ぎがあって、大勢の死人が出たという噂《うわさ》でございました。そうではないのですか」

目を伏せたまま、後家は首を左右に小さくふった。

「喧嘩騒ぎではありません。集まった方々がひとり残らず。江戸の殿さまは、本《ほん》途《と》に怒っていらっしゃいます。もっともっと恐《こわ》いことが起こるかもしれないと、みなさん仰《おつしや》っています。でも、それ以上のことは何もわかりません。あの、ご近所に知られると困ります。どうぞ、お引きとり願います。殿さまのご機嫌を損ねて、この子が主人の番代わりでお城勤めができないと、困るんです」

後家は、童子の肩をつかんで引き寄せた。童子は母親に寄り添い、童女も同じように母親にすがった。

と、ほの暗い家内の寄付きに、やはり喪服姿の老女が現れた。

「実久代《みくよ》、弔問のお客さまが見えられたのかい」

後家は寄付きへ見かえり、

「いいえ、お母さま。そうではありません。もうお帰りです」

と、素っ気なく言った。

だが、老女は戸口の小左衛門へ、どなた、と探るような会釈を寄こした。

「わかりました。では、これは仏前にお供えください」

小左衛門は母親に寄り添う童子の手をとり、白い紙包みをにぎらせた。

童子はきょとんとした様子で、素早く身をひるがえして去っていく小左衛門の背中を目で追った。

小左衛門は、新田町の往来へ戻り、途中を、西方の瀬尾《せお》町へ折れた。

中原町と六軒町の辻をすぎて、八王子道へ通じる往来へ出たとき、入日の間近い夕焼けが西の空に燃えていた。

料理茶屋の《巽屋》の二階家は、その往来の右方に見つかった。表戸も二階の出格子の窓も、板戸が固く閉じてあった。西日を受けた店の茅葺《かやぶき》屋根が、今にも燻《くすぶ》りそうな焦げ茶色に染まっていた。

「ここか。もう店は開けておらんのか」

小左衛門は巽屋を見あげて呟《つぶや》き、表戸の軒下に入り板戸を叩《たた》いた。

二

同じ夕刻、十畳の居室に二灯の行灯《あんどん》の明かりがゆれていたが、庭を囲う土塀の上には、まだ日の名残りの明るみを留《とど》めた空が覆《おお》っていた。

納戸の隣に袋棚《だな》と違い棚があって、違い棚には、赤いほうせんかを早菜が花活《い》けに活けていた。

居室には蚊遣《かや》り火《び》がふすべり、ほのかな香りが流れていた。

違い棚の下の刀架に、永正の二刀が架《か》かっている。

永正は刀架を背に着座し、市兵衛と矢藤太は、永正と対座する位置に居並んでいた。銘々の膳《ぜん》がおかれ、漬けわらびとえいの甘辛い煮つけ、山椒《さんしょう》といかの白味噌《みそ》の和《あ》えの丼、蕪菜《かぶらな》のおひたしの猪口《ちょこ》、大平に竹の子と蕗《ふき》の玉子とじ、平には小鯛《こだい》の切身の焼肴《ざかな》、青菜と蒲鉾《かまぼこ》の澄まし汁の椀《わん》などが膳を彩《いろど》っていた。

赤い提子《ひさげ》にぬるく燗《かん》をした酒が甘く匂った。

膳は早菜が調えた。

「早菜は、母親に似て料理が上手《うま》いのです。母親は十年前、早菜が十三歳の冬、流行《はや》り風邪《かぜ》に罹《かか》り亡くなりました。わが先祖の土地である西国の生まれで、遠く西国よりわが許《もと》へ嫁《とつ》いできたのです。瀬戸《せと》の海に近い国で育ったせいか、海のない乾いた風の吹くこの武州の土地には、馴染《なじ》めなかった。冬になると、よく風邪を引いて熱を出しておりました。早菜の下に弟が生まれましたが、亡くなったのです。それも応えたのでしょう。可哀想《かわいそう》なことをしました」

永正は言った。それから、膳を調えた早菜に、

「みなにも、今宵は祝いだから、ゆるりとすごすようにとな」

と言い添えた。

早菜は、はい、とにこやかに退《さが》っていく。

永正は黒漆の提子を杯《さかずき》に傾け、ほのかに湯気をのぼらせる杯をあおった。

「百日ぶりの酒です。美味《うま》い。武州の酒は武骨ですが、この味はわたしの身体《からだ》に染みついております。これがわが郷里の酒です。これでなくては……」

言いつつ杯を重ね、永正は話を変えた。

「去年、早菜に養子縁組の話がありました。蔵方役頭の家柄の二男にて、真面目なよき侍でした。わたくしは、村山家に婿入りして家督を継ぐ男子としては、まずまずではないかと思っておりました。ただ、早菜が煮えきらず、返事が延び延

びになっているうちに、年が明けてこの春、父親のわたしが殿さまのお叱りを受け蟄居閉門の身となり、めでたい縁組の話は吹き飛んでしまいました。縁組どころか、宝永《ほうえい》の世には姫路十五万石のご城主であった松平大和守家の勘定方にとりたてられ、姫路から上州《じょうしゅう》前橋、この武州川越と代々仕えてきた村山家は、どうやらわたくしの代で閉じることになりそうです。本家を継ぐ村山家は姫路で続いております。となれば、一門の端《はし》くれの武州の村山家が消えたとて、眉をひそめるほどのこともありますまい」

と、永正は美味そうに杯を舐《な》めた。

「永正さま、堤連三郎どのの堤家は、享保の世には川越領主であった秋元家に仕え、秋元家転封《てんぽう》ののちに新たに川越領主となった松平大和守家にも仕え、五代続いた地侍の家柄であったと、季枝どのよりうかがいました。二十五年前、郡奉行配下の山方役だった堤連三郎どのは、藩が家臣の禄米を、御借地《おんしゃくち》、擬作《ぎさく》の名目により減額し、民百姓には年貢を苛烈《かれつ》にとりたて、見通しのない新田開発、石代《こく》納の金納などを厳しくする一方で、馬喰町の郡代屋敷よりの公金借用、江戸、京、大坂の商人、また領内農商人よりの借用が増え、殊に江戸屋敷において放漫な支出が行われている藩の不均衡な財政を憂《うれ》え、厳しく批判なされた。それがために主君松平直恒《なおつね》さまの著しい不興を買い、上意討ちに遭われたと、季枝どのよりそのようにもうかがいました」

「さよう。連三郎さんは七つ年上の友でした。神道無念流秋川維助門下の兄弟子であり、連三郎さんは郡奉行配下山方役、わたしは勘定奉行配下勘定方として、国を富ませ領民の暮らしをよくするために、われら侍に何ができるのか、どのような手だてがあるのか、藩の農政は、また財政はいかにあるべきかなどと、命じられた務めを果たすだけの下役が、語り合い論争し、どれだけ続けても厭《あ》きなかったし、一日でも連三郎さんと会わないと、どうしているのかなと、気になって落ち着かないほどでした。連三郎さんは季枝どのを二十六のときに娶《めと》られ、わたくしは二十歳前の勘定方の助役の身でしたが、婚儀の披露の宴にわたくしも列座いたし、そのとき初めて、美しい季枝どのにお目にかかったのです」

それから永正はしばし考える間をおき、やおら言った。

「近江屋さんの手紙には、信用のおけるさる人物より、唐木市兵衛どのを強く推奨されたとありました。名門のお旗本の生まれにもかかわらず、お旗本の身分を捨て、浪々の身となられ、今は宰領屋さんの口入により臨時の用人仕事を請けておられる。知力、胆力、武芸においても優れ、そして何よりも、約束を守る信頼に足る人物とも、季枝どのの手紙には記してあります。唐木どのは、このたびの仕事を矢藤太どのの口入で請けられたのですな」

「はい」

　市兵衛が頷くと、矢藤太が言い添えた。

「近江屋さんより、宰領屋に唐木市兵衛さんをと、わざわざ名指されてご依頼がございまして、あっしが口入いたしました。市兵衛さんの仕事ぶりが間違いないのは請け合いますが、お客さんのほうから、誰それに仕事を頼みたいと名指しなさるのは、珍しいことなんでございます。近江屋さんは、余ほど市兵衛さんの身元、素性、人物をお調べになったんでございましょうね」

「なるほど」

「ですが、近江屋さんにおうかがいするまで、内心はどんなご依頼なんだろうと不安でございました。何しろ、江戸屈指の大店両替商の近江屋さんが、わざわざなんでございますから、畏れ多いのなんのでございました」

「近江屋さんから話をうかがわれて、いかがでしたか」

「正直なところ、いささか不審でございました。表向きは、永正さまと早菜さまを川越城下より江戸の近江屋さんまで無事お連れするだけの、さほどむずかしい仕事とは思えません。それがわざわざ市兵衛さんを名指しまでされているのは、表向きには見えないお大名家の、厄介《やっかい》な裏事情となんぞからんでいそうで、宰領屋ごとき町家の口入屋では手に負えなくて、あっしらが首を突っこまないほうがいいんじゃないかと、内心、思ったんでございます」

「にもかかわらず、なぜ請けられたのですか」

「あっしは、市兵衛さんに無理して請けなくていいよ、ほかにも仕事はあるから断ってもいいよって、言ったんでございます。そしたら、市兵衛さんがあっさり請けられたんで、え、そうなのかいって、意外なくらいでございました」

「やはり、近江屋さんの請負料が高額であったからですか」

「そ、そうじゃありません。そりゃあ、請負料は高いほうがいいにきまってます。ではございましても、それだけじゃありません。口入屋ごときが言うのは口《くち》幅《はば》ったいんですが、口入屋は請けた仕事ができるかできないかで、周旋中立をするんです。請負料に目が眩《くら》んでできない仕事を口入するようじゃあ、口入屋は務まりません。市兵衛さんは、それをよく心得ていらっしゃいます。請負料が高額だから引き受けたんじゃなく、引き受ける値打ちがあると思われたからなんでございます。市兵衛さんはそういう人なんです。だからあっしも……」

矢藤太は、余計なことを言いそうになって口をつぐんだ。

「だから矢藤太どのも、近江屋さんから請けた仕事を、唐木どのと果たすために江戸からこられたのですか。口入屋のご主人が、口入を請けたご当人と一緒に見えるのは珍しい。それでは、宰領屋さんの口入稼業をほっぽってこられたのですな。稼業のほうは、よろしいのですか。宰領屋さんの口入をあてにしているお客が、おられるのではありませんか」

「店のほうは、長年勤めている番頭がおりますのでなんとかなります。口うるさい女房もおりますし」

「ああ、長年勤めている番頭さんと口うるさい女房どのが。ということは、矢藤太どのは、表向きには見えない大名家の、厄介な裏事情とからんでいそうな、その厄介な裏事情に巻きこまれるお覚悟なのですな」

「矢藤太は口入屋の主で、わたしの請け人ですが、じつは古い友なのです。わたしひとりで手に負えなくなって請けた仕事を縮尻《しくじ》らないよう、勝手に手伝うと言って聞かないのです」

「厄介な裏事情に巻きこまれたら、それはそれで市兵衛さんと力を合わせて……ねえ、市兵衛さん」

「早菜が申しておりました。気のおけない友のようなお二方でしたと。今日、初めてお二方に会い、それがわかりました。矢藤太さんは、唐木どのの身が気になって、こうしないと気が済まなかったのですな」

「え、へえ、まあ、そうなんですかね」

市兵衛と永正の高笑いが、次第に暗みのおりる夏の夕べを飾った。

台所のほうからも、使用人らの笑いさざめきが聞こえた。

永正は真顔に戻り、淡々とした口ぶりで言った。

「堤家はこの武州の土地に根づいて、五代続いた地侍の家柄でした。先祖をさかのぼれば赤坂村の農民で、秋元家が治めていたころに、入間、比企、新座《にいざ》、足立、崎玉《さきたま》、そして秩父の山地や荒川《あらかわ》などの河川など、この武州の地を知りつくした堤家は、山方役を継ぐ一門としてとりたてられたのです。高い身分ではありませんが、明和四年（一七六七）に前橋より移住したわれら松平大和守家代々の家臣より、この武州の地においては、はるかに由緒ある一門でした。松平大和守家は徳川御家門の家柄であることから、徳川家一族という気位が高く、姫路、前橋、川越と移って、表高は十五万石の大藩ながら、領地が分散していたことや、天明《てんめい》に続いた天災による不作もあって、実情は西国の姫路城主であったころの六割足らずの石高に激減していたことが、殿さまの武州への執着を希薄にしていたことは否《いな》めません。藩は支出を抑える厳しい緊縮財政を敷きながら、御家門の体裁を整える支出は抑えず、そのため、藩の借用金は、それ以前より増える一方だったのです。そしてそれは、今もなお変わらぬのです。禄米の低い武士の暮らしは困窮《こんきゅう》をきわめ、貧しい民の中には日々の糧《かて》にも事欠《ことか》き、逃散《ちょうさん》さえ企《くわだ》てる村もあったと、聞いています。連三郎さんは土地を知る山方役の立場から、年貢を厳しくとりたてるだけでは民が疲弊するのみで、国は豊かにならない、藩の農政はかくあるべき、藩の財政の不均衡を正すべきと、政の是非善悪を訴えていた。季枝どのはそのことを言われたのです」

「それが殿さまの不興を買い、上意討ちの主命がくだされたんですね」

矢藤太が言った。

永正は頷き、なおも続けた。

「山方役の地侍の分際で殿さまを批判するのは不届き、断固成敗するという声が聞こえておりました。しかし、どうしても訴えねばならないと、連三郎さんは批判を止めなかったのです。声には出さずとも、連三郎さんの訴えはもっともだと共感している家臣は少なからずおりました。わたくしも、声には出せなかったそのひとりでした。村山家は勘定方頭に就く家柄です。あの年、わたくしは二十五歳にて、すでに家督を継ぎ、姫路より妻を迎える話も進んでおりました。連三郎さんが上意討ちに遭ったと知った、あのときの衝撃を忘れることはできません。しまった、申しわけないことをしたと思いました。しかし、手遅れでした。わたくしは保身のために沈黙を守り、友を裏切ったのです」

「裏切ったなんて、それは違うんじゃございませんか。永正さまは、季枝さまと隆明さまのために親身になって、路頭に迷わないようにつくされました。ですから、市兵衛さんとあっしが、近江屋さんに頼まれて、永正さまと早菜さまのお迎えにあがったんじゃございませんか。情けは人のためならず、でございますよ」

「まことにありがたいことです。唐木どのと矢藤太どのでよかった」

永正はわずかな酒で、顔を少し赤らめていた。

百日の蟄居で、久しぶりの酒が身体中に染みわたっているのが心地よげに、永正は赤らめた顔にほのかな笑みを浮かべた。そして、

「気持ちがよく、つい前置が長くなりました。ときは限られています。そろそろわが存念をお二方にお伝えせねばなりません」

と言い、乾した杯を膳においた。

「唐木どの、矢藤太どの、早菜にはわが存念をすでに伝え、早菜自身もそれを承知しております。明日、わたくしは登城し上意を承ります。わが村山家の改易はまぬがれがたく、この城下より去ることになります。よって、江戸の近江屋隆明どの、季枝どののありがたいお申し入れをお受けいたし、江戸まで唐木どのと矢藤太どののお世話になる所存です」

「承知いたしました。お任せください」

　矢藤太が殊さらに明るく言った。

　永正は膳においた杯へ提子を傾けた。

「しかしながら、近江屋さんのお申し入れをお受けいたすのは、わが娘の早菜とわが家に父の代から仕えてまいった郎党《ろうどう》の富山小左衛門の両人のみにて、わたくしは近江屋さんのご厚意のみを頂戴いたします」

「ええっ、ご厚意のみって、そ、それじゃあ、永正さまは江戸へはいかないってことでございますか」

　と、矢藤太は意外そうに訊《たず》ねた。

「さようです。わたくしはこの百日の間、ずっと考えておりました。松平大和守家に仕えてきた村山家を終りにするときがきたと。殿さまに直言をしてご機嫌を損ね、蟄居閉門になったのち、わが考えに賛同をなさる方々が、密《ひそ》かに村山家の改易はまぬがれがたい家中の動静を、知らせてくれました。わたくしは、それでよい、よい潮だと、思っておりました」

市兵衛は、酔いに顔を赤らめた永正をさりげなく見守って言った。

「永正さま、お訊ねしてもよろしいでしょうか」

「どうぞ」

「季枝どのより、二十五年前、堤連三郎どのが生きていると、永正さまより伝えられたと、うかがっております。連三郎どのが季枝どのに宛てられた手紙も持参なされたのでしたね」

「いかにも……」

「堤連三郎どのが生きていると、なにゆえご存じなのか、季枝どのに子細を話されませんでした。なにゆえ、話されなかったのですか」

「連三郎さんは、死をまぬがれた自分の身に、上意討ちの手が再び伸びることを覚悟していました。理不尽な主命は武士として断じて受け入れられないが、しかしながら、季枝どのと隆明どのを巻き添えにすることを恐れた。それゆえ、季枝どのと隆明どののもとに、自分はもう戻らぬほうがよいと、連三郎さんは決めたのです」

「理由はそれだけなのですか。連三郎どのは、それからおひとりで逐電し、二十五年がたったこの夏、江戸の貧しい裏店《うらだな》で、誰にも看《み》とられず、おひとりで亡くなられました。武士ではなく、十吉郎と言う名の荷車引きの人足に姿を変えておりました。五十七歳でしたが、もっと老いて見えたと聞きました。連三郎どのならほかにも生きようがあったと、永正さまは思われませんか。しかし、連三郎どのは自らそうはなさらなかった。連三郎どのはまるで、自らを鞭《むち》打ち責め苛《さいな》むような、二十五年のときを生き長らえた末の、貧しく孤独な死を選ばれた。わたしにはそのように思えてならないのです」

永正は杯をあげた手を止め、市兵衛との間の空《くう》へ穏やかな眼差しを漂わせていた。なおも、市兵衛は言った。

「永正さまは、先ほど言われました。二十五年前、連三郎どのが何ゆえそうしなければならなかったか、それをお話しくだされば、永正さまの存念がわれらにもわかるはずだと。すなわち、上意討ちから逃れてきた連三郎どのを匿《かくま》い、連三郎どのの逐電に手を貸されたのは、永正さまなのですね」

永正はほのかな笑みを、市兵衛に向けた。

そのとき、次の間の間仕切の向こうに人の気配がし、早菜の声が聞こえた。

「お父さま、小左衛門が戻りました。どうなさいますか」

「小左衛門の報告を聞く。小左衛門、入ってくれ」

永正は間仕切へ呼びかけた。

間仕切が引かれ、早菜と老侍の小左衛門が入ってきた。

「遅くなりました。ただ今戻りました」

「ご苦労だった。こちらへ」

小左衛門は永正の傍らへ進んだ。

「荻野さまをお訪ねし、六軒町の巽屋、それから下村さまのお屋敷へ……」

と言ったのは聞こえたが、それからあとは、ささやき声しか聞きとれなかった。早菜が冷めた酒を換えるため、市兵衛と矢藤太の提子を盆に移した。二人の膳の料理にあまり箸がついていないので、早菜は気にかけた。

「お口に合いませんでしたか」

「いえ、滅相もございません。どれも勿体《もったい》ないぐらいの、美味《おい》しいご馳走《ちそう》ばかりでございますとも」

矢藤太が言いわけし、

「せっかくのご馳走ですので、ゆっくり大事に味わわせていただいております」

と、市兵衛もとりつくろった。

「そうですか。ならよかった。どうぞ、ごゆっくり召しあがってください」

早菜はにこやかに笑みをふりまいた。

すると、永正が言った。

「唐木どの、矢藤太どの、宴を少々中断して、ご案内いたしたいところがあります。ただ何もない宵の野道をゆくだけですが、唐木どののお訊ねにおこたえいたし、わが存念をお伝えするのにちょうどよいところです。小左衛門、疲れているだろうが、おまえもきてくれ」

「大丈夫でござりますとも」

永正は刀架の二刀を、きゅっきゅっ、と音をたてて帯びた。それから、

「一刻ほどで戻る。戻ってから続きの酒宴をやる。小川の素麺の支度をしておいてくれ」

と、早菜へ言った。

「承知いたしました」

「唐木どの、矢藤太どの、小川の素麺はわが領国の名物です。素麺をいただきな

がらの酒も案外に合うのです」

「では、のちほど小川の素麺をいただきながら、酒宴の続きをいたしましょう」

市兵衛は後ろに寝かせていた大刀をつかんで立ち、腰に差した。

三

天道はとうに落ち、夜空には無数の星がきらめいていた。

小左衛門が提灯《ちょうちん》を提げて前をいき、永正、市兵衛、矢藤太が続いた。

宴を開いていた居室に面した中庭を通って、裏門へ向かった。

裏門のそばの一角に離れがあり、板戸はもうはずされていて、腰付き障子が閉《た》ててあった。

前をいく永正は、市兵衛に背中で言った。

「この中で百日、修行をいたしました。よき修行であったかどうか、わが残りの命をかけて、確かめねばなりません」

命をかけて？　と市兵衛は束《つか》の間訝《いぶか》った。

しかし、永正はそれだけで沈黙し、小左衛門の提灯の明かりに従い、裏門をくぐっていった。

赤間川の黒い流れに、提灯の明かりが映《は》えた。

土手の細道が、蔵町の武家屋敷の土塀沿いにゆるやかな弧を描いていた。川向こうで蛙《かえる》が鳴き騒ぎ、黒々と横たわる地平は、北の彼方《かなた》の星空にまぎれていた。

小左衛門はいき先を心得ていて、土手の細道を黙って右方へとった。左手に川が静かに流れ、四人の草履の音が細道をひたひたと鳴らした。

南のほうへゆるやかな弧を描く川筋が、次第に西方へ流れを変えていくあたりに、橋が架かっていた。

そのあたりは、細道の右側に沿う武家屋敷の土塀は途ぎれ、城北の鬱蒼《うっそう》と繁《しげ》る樹木の影や、伊佐沼道へ出る往来に設けた番所と思われる屋根や木戸らしき影の形が、宵の暗がりの中にぼんやりと見分けられた。

橋は手摺《てすり》のない板橋で、氷川《ひかわ》社境内の手前で伊佐沼道から分かれた往来が、その橋を渡って北の寺井村へ延びている。小左衛門は、細道を橋の袂《たもと》まできて歩みを止めて提灯を掲げ、

「手摺がありませんので、お気をつけて」

と、永正の後ろの市兵衛と矢藤太へ声を投げた。

永正も橋の袂に立ち止まり、市兵衛と矢藤太へふり向いた。

「橋を渡れば、上尾桶川岩槻道です。蔵町の番所を通らずとも、赤間川の土手道をとれば、この橋に出られるのです。このあたりの者はみな知っています。ここから二十町（約二・一八キロ）ほどです。小左衛門、いこう」

「はい」

小左衛門が提灯をかざして、橋板を鳴らした。

四人は橋を渡り、一灯の提灯の明かりを頼りに、蛙の声が黒い地平の煩悶《はんもん》のうめきのように聞こえる野道を進んだ。

上尾桶川岩槻道とは言っても、大きな街道ではなく、田畑の間をいく畦道《あぜみち》だった。後方の西の空が、天道が沈んだあとのうっすらとした赤みを帯びた筋を、地平すれすれに残していた。寺井村の集落らしき明かりが、はるか前方の闇に点々と散らばっている。

永正は背を向けたまま、話し始めた。

「唐木さんの仰るとおりです。連三郎さんを匿い逐電に手を貸したのはわたくしです。あの日の朝の、空がようやく白み始めたばかりのまだ暗いころでした。ひどい怪我《けが》を負った連三郎さんが、わずかに残った力で、裏門を叩いたのです。あのとき、わたしは不覚にも正体なく眠りこけて、気づきませんでした。小左衛門が気づいて裏門を開け、門の庇下《ひさし》にうつ伏した連三郎さんを見つけたのです」

小左衛門が、提灯のゆれる明かりの中に横顔を見せた。小左衛門は歩みを変えずにいきながら、夜道に低い声を響かせた。

「今も毎朝やっておりますが、朝起きて顔を洗ったあと、表門から裏門までの庭をひと廻りして、変わったことはないか異変はないか、確かめております。覚えておりますとも。あの朝、裏門まで廻ったとき、叩くのではなく撫《な》でるような、狸《たぬき》か何かの獣が、門扉《もんぴ》に身体《からだ》を擦りつけているのかと思ったぐらいの、妙な音が聞こえたのです。門をわずかに開けて、獣なら追っ払おうと思っておりましたところ、真っ先に赤い血が見えました」

「小左衛門は、連三郎さんの負った背中の深い刀疵《かたなきず》に、尋常ならざる事態を咄《とっ》嗟《さ》に推察し、ひとまずは連三郎さんを門内に引き摺り入れてから、家人には一切知られぬよう、急いでわたくしを起こしにきたのです。わたくしは跳《は》ね起き、裏門へ駆けつけ、俯《うつぶ》せに倒れている連三郎さんを見て、しまった、と思いました。連三郎さんはずぶ濡れで、しかも、血がだらだらと背中の刀疵から垂れていました。連三郎さんと呼びかけると、朦朧《もうろう》とした目でわたくしを見あげ、すまない、と言ったのです。それを言っただけで気を失い、ぐったりとなりました。いつか起こるのではないかと、内心恐れていました。連三郎さんに、気をつけてくださいと言ってはいましたが、実際にそれを目のあたりにしたとき、自分の無力、不《ふ》甲斐《がい》なさや不覚を見せつけられた気がしました。まさか、上意討ちではという疑念が、脳裡《のうり》の片隅にありました。しかし、だとしたらなんだ。友をみすみす死なせるわけにはいかない。それ以外の考えはありませんでした。すぐに追手がくるに違いない。わたくしが連三郎さんをかついで離れに運び入れ、小左衛門が裏門の外の血の跡を消したのです」

　永正の言葉に、小左衛門が頷いた。

　永正は、離れに誰かがいることを、家督を永正に譲り隠居となっていた父母と使用人に伝えたが、それが誰かは教えなかった。そして、このことは絶対に屋敷の外へもらしてはならぬと厳命した。

　連三郎を匿《かくま》ったその日のうちに、城下外れの上寺山村において未明に斬り合いがあり、死人や怪我人が出たらしいという噂が流れた。

そしてその翌日、斬り合いは上意により横目役殺生方が、郡奉行配下山方役の堤連三郎を成敗したもので、新田町の堤家は改易を申しつけられたと、これは城下の噂話ではなく、勘定奉行より永正ら勘定方に伝えられた。

ただ、家中には別の噂がひそかにささやかれていた。

それは、堤連三郎は殺生方の討手の斬撃を受け赤間川に転落したものの、亡骸《なきがら》は見つかっておらず、堤連三郎は生き延びているらしいというもので、その噂も村山家に届いていた。

両親は気づいていたかもしれないが、すでに村山家の主となっていた若い永正のとった行動を、一切詮索せずに見守った。また、使用人らも永正の厳命に従順に従ったので、離れに匿われた堤連三郎が、密かに探索を続けていた横目役殺生方に見つかることはなかった。

連三郎の出血を止めなければ、命は危うかった。

けれども、連三郎の刀疵を縫合できる蘭《らん》医は、城下にいなかった。

そのころ、伊佐沼の西、入間川沿いの古谷上郷《ふるやかみごう》に牛馬の病や疵を治療するのに優れた技を持つ寺僧が知られていた。その寺僧は薬草に詳しく、牛馬のみならず、頼まれれば人の病を癒《いや》し、疵の縫合もできるという話を、以前、永正は連三郎から聞かされて感心した覚えがあった。

永正はためらわなかった。小左衛門に連三郎を託し、古谷上郷へ向かった。

古谷上郷の寺僧は、永正の突然の訪問に驚き、顔を曇らせて言った。

「わたしには無理だ。牛馬のことなら、少しはわかる。村人の役にたつならと思い、牛馬の治療はやっておる。けれども、人の身体については何も知らぬのだ。以前、蘭医が人の疵を縫合しているのを見て、見よう見真似《まね》で村人の小さな疵をやむを得ず縫ったことが一度ある。たまたま上手くいった。それが人も治せるという話になって伝わった。それだけだ」

永正は諦めなかった。見よう見真似で結構、このままでは助からぬ命、牛馬も人も同じ命、何とぞ試みてくれるようにと、御仏《みほとけ》にすがるようにすがった。

永正が寺僧とともに蔵町の屋敷に戻ったのは、日が暮れたころだった。

連三郎は、血の気の失せた瀕死《ひんし》のあり様に陥《う》り、もうぴくりとも身動きしなかった。寺僧はひと目見て、

「ああ、これは……」

と落胆した。

しかし、連三郎は生き延びた。身体の奥底に、そのまた奥の命の芯に、わずか

な力が残っていた。堤連三郎が意識をとり戻したのは、それから丸一日と半日がすぎた翌々日の午後だった。

「連三郎さんが一命をとり留めたのかどうか、そのときはまだ確かではありませんでした。それでも、季枝どのと隆明どのに、連三郎さんは生きていると、どうしても、伝えたかったのです。季枝どのは幼い隆明どのを抱えて、途方にくれているに違いない。少しでも、その先に光を灯《とも》して、生きる希《のぞ》みを失わないでもらいたいという気持ちでした」

提灯の明かりの先に、黒々とした葉影を星空へ広げる一体の樹木が見えた。

提灯の明かりは、あまりに小さく、星空の下の悠然とした樹木の姿は映し出せなかった。けれども、せめてその根元に小さな火を灯そうとするかのように、提灯の明かりはゆらめき近づいていた。

黒い地平でうめいていた蛙の騒ぎがいつしか遠ざかり、野道に鳴る四人の草履の音が、夜の静寂の帳《とばり》を空《うつ》ろに破っていた。

その樹木の下に祀《まつ》った一尊の地蔵菩薩《じぞうぼさつ》が、だんだん見えてきた。

「着きました。あそこです」

永正は市兵衛と矢藤太へ見かえった。

市兵衛と矢藤太は、大きな樹影を仰ぎ見ていた。それは楠《くすのき》の大樹で、枝葉が屋根のように広がり、星空を隠していた。

やがて、四人は楠の下に着いた。

小左衛門が地蔵菩薩を提灯で照らし、永正は地蔵菩薩に頭《こうべ》を垂れて、掌《て》を合せた。それから顔をあげ、

「市兵衛さんと矢藤太さんをここへお連れしたのは、わたくしの存念をお伝えするもっともよき場所と、思うからです」

と、酔いがさめて、むしろ蒼ざめて見える顔を市兵衛に向けた。

「およそひと月、連三郎さんはわが屋敷の離れで疵の養生をし、それから旅だったのです。あの日の夜明け前、わたくしと小左衛門は、この楠の木の下まで連三郎さんを見送りました。連三郎さんは、別れの言葉もなく、ただ小さく会釈を呉《く》れただけでこの道を去っていきました。わたくしも、別れの言葉をかけませんでした。わたしは、黙って見送るしかなかった」

矢藤太が不審そうに首をひねった。

永正は矢藤太の不審にこたえるように、頬笑《ほほえ》みを見せた。

「わたしには、連三郎さんがそのような旅だちをしなければならないわけが、わかっていませんでした。なぜですかと訊ねました。江戸の近江屋のご主人より、江戸で身のたつように引き受ける申し入れの手紙をいただいており、連三郎さんは、まことにありがたい、と涙を流して感謝しておりました。けれども、自分は近江屋さんの庇護を受けるわけにはいかない。自分が庇護を受けたがゆえに、近江屋さんに大きな迷惑を及ぼす事態が起こりかねない。だから、自分ではなく、季枝どのと隆明どの二人だけの庇護を、近江屋さんにお頼みしたい。自分の身の処し方はもう決めていると言ったのです。なぜなら、自分はそうするしかない。そうしなければならないのだとも、言ったのです」

「そうするしかないって、何をするんでございますか」

矢藤太は我慢しきれずに訊いた。

「矢藤太さん、あのときのわたしにはわからなかった。二十五年の歳月がすぎ、五十の歳《とし》になっても、言い表す言葉がありません。しかしながら、言葉にはならずとも、連三郎さんが、あのとき何ゆえそうしなければならなかったのか、今ならわかるのです。今、わかるときがきたのです」

矢藤太はまた首をひねり、どういうことだい、と隣の市兵衛を見た。

「唐木さんは、先ほど仰られた。連三郎さんはほかにも生きようがあったはずなのに、そうしなかった。自らを鞭打ち責め苛むような、二十五年のときを生き長らえ、その末の貧しく孤独な死を選んだと」

「連三郎どのは、武州侍ならばこそ塵界《じんかい》に生き恥を曝し塗炭《とたん》の苦しみを受けようとも生き抜くと決めた、すなわち、塵界に生き恥を曝し塗炭の苦しみを受けることこそ通すべきわが武州侍の意地と、季枝どのに宛てた手紙に書かれていました。ですが、自らを鞭打ち責め苛み、二十五年のときを空しくして生き長らえた、その末の貧しく孤独な死と、武州侍の意地が同じとは思えないのです。連三郎どのは武州侍の意地を通して死ぬのではなく、江戸の裏店で老いた荷車引きの十吉郎となって、誰にも看とられずに消えていくことを希まれたのでは……」

市兵衛が永正を見つめて言った。

それは……

と、永正の吐息がこたえた。

「強《し》いて言うなら、武士の自尊心。一門の誉れと矜持《きょうじ》。いや違う。一番よいのはありきたりな、負い目、でしょうかな。そう、武士ゆえの負い目。それがもっとも相応《ふさわ》しい。連三郎さんは、この武州の地で五代続いた堤家を改易に追いこんだ自分が恥ずかしく、許せなかったのです」

「け、けど、それは堤連三郎さまの所為《せい》では、ございませんでしょう。いかに上意でも、そんな理不尽なことは受け入れられないって、思われたからなんでございましょう。お武家さまなら、当然でございますよ。連三郎さまが自分を恥じる謂《いわ》れは、何もないじゃありませんか」

矢藤太がまた言った。

「自分の所為ではなくとも、仮令《たとえ》、それが自分ではどうにもならない天命であったとしても、自分が責めを負うのが武士なのです。二十五年前は、わたしには連三郎さんを旅だたせた武士の負い目が、わからなかった」

「今ならそれが、おわかりになるんでございますか」

矢藤太の問いに、永正は沈黙し考えた。

市兵衛は永正を促した。

「永正さま、存念をお聞かせください」

「はい。それをお伝えしなければ……」

永正は、自分に呟きかけるように言った。

「松平大和守家は、御家門の家筋をよりどころに、将軍家斉さま第二十四男の紀五郎さまをご養子に迎える働きかけを、数年前から行っておりました。なんのためのご養子かと申しますと、ご養子と将軍家斉さまの続柄を通して所領を増やし、のみならず、ゆくゆくは国替をもくろまれておられるのです。殿さまは、旧領十五万石の姫路へ戻るか、それでなければ、御家門の家柄に相応しい十五万石の大大名になられることを、お希みなのです。この川越は、江戸幕府を中心にして、東が岩槻、北が忍とともに、西の川越を押さえる役割を担っておりますが、それは徳川家の家臣である譜代大名が務める役目であり、御三家御三卿に続く御家門の大名が務めるのは相応しくないとお考えなのです。つまり、その国替をもくろんだ将軍家よりのご養子なのです」

永正は、疲れたような長い歎声《たんせい》を吐《つ》いた。

小左衛門の提灯の明かりが、永正の足下を凝《じ》っと照らしている。

「その働きかけのため、資金が湯水のように浪費され、藩の借用金は、京大坂の商人、馬喰町御用屋敷の貸付金、江戸の商人と領内の郷商などにふくらみ続け、二十五年前、連三郎さんが藩の農政や財政の批判をしたために上意討ちの主命を受けたときと、何も変わっておらぬのです。変わったのは、二十五年前よりは借用金がはるかに大きくなったことだけなのです。藩の一ヵ年の返済金は三万数千両ですが、累積の借用金はその十倍以上にのぼります。これでは、燃え盛る炎に柄杓《ひしゃく》で水をかけるようなものです」

「川越は絹の定期市でも、武州上州両国の定期市の中で取引量が秩父大宮《おおみや》郷に並んで最も多いのです。しかも、秩父の取引きは生絹のみですが、川越絹は生絹だけでなく絹縞や絹平で取引きされ、川越の絹平は川越平として夏袴《なつばかま》によいと、江戸では評判です。また、米のほかに、紙、麦、小川の素麺、さつま芋、飯能《はんのう》秩父の蕎麦《そば》、豊富な蔬菜《そさい》の類、さらに、相模《さがみ》や上総《かずさ》にもある領地では塩も作られており、それらを活《い》かせば、松平大和守家をもっと豊かにできるはずです」

市兵衛が言うと、矢藤太がしきりに首を上下させた。

「さすがです。よくご存じだ。殿さまのご不興を買い、百日の蟄居と村山家の閉門を申しつけられたのは、それを殿さまに直言したからです。国替のために、領国の富を乱費するのではなく、領国をよりいっそう富ますために使うべきだと。将軍家よりご養子をお迎えすることより、領国に暮らす民のために、領国の経営に意を用いるべきだと。将軍家よりご養子をお迎えする殿さまのお考えに、勘定方頭ごときが口出ししたふる舞いが、殿さまの逆鱗《げきりん》に触れました」

永正は、提灯の明かりの届かぬ夜の彼方へまぎれていく野道を見やった。

「蟄居と閉門を申しつけられたのち、少数ながら、家中のいく人かの方々が、わたくしの直言に賛同する声をあげてくだされた。その方々が、日が暮れたのち、密かにとき折り屋敷を訪ねて見え、家中の情勢などを、早菜を通して伝えてくだされ、ありがたいと思いつつも、そのために取り締まりを受けるような事態にならねばよいがと案じておりました。先月、村山家の改易がご家老とお年寄、中老の間で話し合われているかなり確かな噂が家中に漏《も》れ聞こえ、方々は、村山家改易を思いとどまらせるよう、江戸の殿さまに直訴いたす会合を開くことにしたと、わが家にも伝えてくだされた。藩の上層部が、方々の動きに目を光らせているに違いなく、気にはなっておりましたが、それから知らせはありませんでした。それが、今日になって、十一名が集まった会合の場に横目役の殺生方が踏みこみ、十一名すべてが斬り捨てられたと、事情が知れたのです」

「横目役の殺生方と言ったら、二十五年前、堤連三郎さまを襲った……」

矢藤太が訊きかえした。

「そうです」

「十一名の方々が、すべてですか」

「小左衛門が確かめにいき、間違いなかった。なんたることだ。大変なことが起こってしまった。みな殿さまの家臣です。みな妻子や親兄弟のいる、家中の傍輩《ほうばい》です。わたくしの所為です。わたくしはただ家中を騒がしたばかりで、なんの役にもたてず、十一名もの武士の命が奪われてしまったのです」

　市兵衛と矢藤太は沈黙した。

　永正は、夜の彼方へまぎれていく野道から、市兵衛と矢藤太へ見かえった。そして、やすらかな笑みすら浮かべて言った。

「わたくしは江戸にはまいりません。近江屋隆明どのと季枝どのに、村山永正はひとりで旅に出たと、お伝えくださいい」

「旅にって、どちらへ？」

　矢藤太が言い、喉をごくりと鳴らした。

「わたしには、いかねばならぬところがあります。二十五年前にはわからなかったが、今はわかります。いくしかないのだと。唐木どの、矢藤太どの、江戸の近江屋さんまで、早菜をよろしくお願いいたします」

　小左衛門のかざす提灯の明かりが、小刻みに震えていた。

「承知いたしました」

　市兵衛は言ったが、それ以上の言葉はなかった。

蛙の遠い騒ぎが聞こえ、星空の下の静寂がおぼろに乱れていた。

四

翌日も、暑い夏の日になった。

庭の樹林で蟬が朝から騒いでいた。

百日ぶりの登城の朝、永正は白茶の単衣《ひとえ》に紺黒色の裃《かみしも》を着けた。

早菜は普段着に着替えたが、目だたぬながら好《よ》い着物を選び、髪も綺麗に撫でつけた。居室で父親の支度を手伝い、

「いってらっしゃいませ」

と、永正を送り出した。

玄関の間では老侍の小左衛門が畳に手をつき、主人を見送った。

「旦那さま、ご用心、なされませ」

虫が知らせるのか、小左衛門は手をついたまま言った。

永正は、ふと笑みを浮かべ、小左衛門の白髪頭に頷いた。

玄関式台外の庇下に、供の草履取の弥平次《やへいじ》が片膝突きに控え、市兵衛と矢藤太

は、玄関と表門の間に敷きつめた石畳のわきに並んでいた。

二人に庭の蟬の声が降っていた。

永正は、石畳の歩みを束の間止め、市兵衛と矢藤太へさりげない会釈をなげたが、言葉はなかった。

ただ束の間、市兵衛と目を合わせたばかりだった。

永正が弥平次を従えてわき門からくぐり出ると、小左衛門が石畳に出てきた。

「このお屋敷で旦那さまをお見送りするのは、今日が最後になります。先代の旦那さまから長く仕えました。名残り惜しいですな」

小左衛門は、蟬の騒ぐ庭を見廻し、薄い雲が棚引く夏空を見あげた。そして、市兵衛と矢藤太が聞かぬのに、

「このお屋敷も、昔はもっと賑《にぎ》やかで、みな長く奉公をしておりました。御借地が当たり前になり、どちらのお屋敷も台所勘定がむずかしく、使用人の人数も減らさざるを得ないのです。しかし、村山家はまだよいほうでした。家禄の低いお武家は、内職が欠かせません」

と、しみじみと続けた。

矢藤太が感心したふうに言った。

「でも、さすがは三百五十石どりのお武家さまでございますね。草履取のお供を従えてご登城なさるんですね」

「長年、奉公しているのはそれがしと下男夫婦だけです。草履取の弥平次と通いの婢《はしため》は、南町の請け人宿の口入で雇った一季勤めの者です。それもう、終るときがきました」

「終りは、次の新しい始まりじゃあ、ございませんか」

矢藤太が言いかえすと、小左衛門は寂しげに笑った。

「ああ、そうでしたな」


永正は、馬出しから土橋を渡り、三層櫓《やぐら》の西追手門をくぐり城内へ入った。侍衆の登城の刻限の五ツ（午前八時頃）を半刻余すぎているため、大手に侍衆の姿はなかった。

遠くの木々で蟬が鳴き騒いでいた。緊迫が永正の胸をときめかせていたが、それはむしろ永正の意識を引き締め、心地よいぐらいだった。

後ろの弥平次は、百日ぶりに供をする城内の重々しい気配に、少し怯《ひる》みを覚えている様子だった。

「弥平次、供は今日が最後になる。よく勤めてくれた」

それをまだ言っていなかったことを思い出し、永正は言った。

弥平次は南町の請け人宿の口入で、一季雇いの年季を延ばして三年目になる若い草履取である。

「へ、へい」

弥平次の若い声が、永正の肩にかかった。

城中大手の通りをいき、中ノ門、三ノ門、二ノ門、そして、本丸御殿のある枡《ます》形《がた》門の北門を通った。

北門にはいく人かの顔見知りの家士がいて、永正と草履取の弥平次へ冷やかな黙礼を寄こした。

「村山永正さま、おめでとうございます」

顔見知りのひとりが、紅潮した顔つきを穏やかにして辞儀をした。

「お気遣い、痛み入る」

永正は静かにかえし、北門から玄関へ進んだ。

本丸の北西と南西に虎と富士見の両櫓がそびえ、藩侯の御住居である本丸御殿は、その両櫓に囲まれた西側一帯を占め、東側は三芳野《みよしの》天神境内を土塀が廻《めぐ》っていた。

二層の破風屋根の本丸玄関には、多数の目付衆や番方がいて、永正の登城を待っていた。

みな知った顔で、永正をにこやかに出迎えた。

「村山どの、お久しぶりにござる」

つき合いの長い目付衆のひとりが、式台に着座し、屈託を見せずに言った。

若い番方は、ああ、この人が、というように顔つきを赤らめ頭を垂れた。

誰かの倅《せがれ》だった。だが、誰の倅か思い出せなかった。

本丸玄関の壮麗な庇下に入り、式台にあがった。

永正は、永正の草履を畏《かしこ》まってとった弥平次へ、ふむ、と頷きかけ、弥平次が平伏しつつ退っていくと、段々を玄関の間へのぼった。

玄関の間から、大廊下が南北に通っている。

「村山さま、お刀をお預かりいたします」

番方が恭《うやうや》しく進み出て言った。

上意による呼び出しではあっても、罪状はないので脇差は許される。

「みなさまお揃《そろ》いでございます。ご案内いたします」

下役が二人、看視役の見搦人として永正の前後に立って大廊下を導いた。

大広間を廻る大廊下を南へひたすら進んで、舞台を設《しつら》えた南側の庭を眺めつつ西へ曲がり、さらに進んで、次に北に折れ、大広間と御成《おなり》書院を隔《へだ》てる中庭に沿った廊下を一旦いき、再び西へ曲がった御年寄衆の間に通った。

御年寄衆の間と中庭を隔て、黒書院のいく枚もの腰付障子戸が、冷たく閉てられていた。

中庭に柘植《つげ》の灌木を植え、白い玉砂利が敷いてある。

中庭に続く廊下側の腰付障子を開け放って、十数畳のさほど広くはない御年寄衆の間には、すでに役人が列座していた。列座した役人は、庭に沿って廊下をきた永正の左手に七名、右手に七名が八の字形に開いて着座していた。

家老の尾沼正源が、八の字形の要《かなめ》にあたる奥中央に端座《たんざ》し、尾沼に一番近い八の字形の左列に年寄の大室典膳、続いて中老の村根七之助左衛門《しちのすけざえもん》、田所主計《かずえ》、右列は年寄の比賀万之丞、中老の高井忠三郎《ただささぶろう》、野々宮兵馬《ひょうま》が整然と居並んでいた。

家老、年寄、中老の七人は重々しい黒裃だが、ほかの役人は普段どおりの継裃である。

ただし、その左列の五人目に、沢戸与七郎が、これは鮮やかな桔梗《ききょう》色の裃を着けて座を占めていた。

与七郎はまだ二十代の旗組で、甲源一刀流の使い手として家中では知られている。上意を伝えるこの場に与七郎が列座して怪しむには足りないが、与七郎の若さと、裃の濃い青紫が地味な継裃の役人の間では、少々晴れがましかった。

みなが見揃人に導かれてきた永正を、凝《じ》っと見つめていた。

息苦しいほどの沈黙が、御年寄の間に充満していた。

殿中のどこからも、かすかな物音すら聞こえてこなかった。

座敷は、冷え冷えと感じられるほどに涼しかった。

見揃人により、永正は八の字形に開いた中央の、家老の尾沼正源に正対する座を与えられた。

永正が着座すると、見揃人は後方一間ほどの左右に坐《すわ》った。

永正ほどの身分ならば、御座所のある御成書院か黒書院において、藩侯の御前で主命を読み聞かせられる。

だが、藩侯は江戸在府のため、このような仕儀になった。

左列の与七郎の若々しく明るい眼差しが、永正に向けられている。

尾沼正源が穏やかな、ややくだけたほどの口調で言った。

「村山永正、百日の蟄居が解けた。よってだ、殿さまの上意を伝えねばならん。畏まって承るように」

尾沼の前襟に折封の書状が差してある。それを肉づきのいい指で抜きとり、永正へかざして見せた。上意、と表に認《したた》めてある。

永正は手をつき、平伏した。

右列の後方の役人が摺足《すりあし》を運び、尾沼の傍らへ恭しく進み出た。

上意の書状を尾沼より手わたされ、それを捧《ささ》げ持って座へ戻った。

封が開かれ、すぐに読み聞かせが始まった。

「ひとつ……」

と、永正が藩侯に直言した無礼なるふる舞いと、藩の施策を身分をわきまえず批判し政を混乱させ、支障をきたした罪状が、高らかに、しかし淡々と読み聞かせられた。

藩侯のご機嫌を損ねた以外、永正の罪状は何ひとつ罪にあたらなかった。

藩の政は、何ひとつ変わっていない。

藩侯の怒りを受けようとも、家臣たる者、直言するのが忠義ではないのか。

ましてや、忠義の家臣を十一名も斬殺したことに、藩の政の正義はあるのか。

武士の面目はあるのか。

永正は平伏し、考え続けた。

そのとき突然、読み聞かせが終った。

「右の罪により、村山家改易を申しつけるものなり。また……」

と言い続けたところで、左列の与七郎の桔梗色の裃が俊敏に動いたのが、永正の視界の隅に認めた。

死罪。

と、読みあげるまで猶予していては、永正に反撃の機会を与えかねなかった。

袴の裾の白足袋が畳を擦《す》り、与七郎はたちまち永正へ肉薄した。抜刀し、左より永正の手へ斬りつけ様、

「上意」

と、声を甲走らせた。

上意討ちの討手は《仕手《して》》である。抜き打ち様に相手の両手に斬りつけ、「上意」とひと声高く呼ばわり、たたみかけて止《とど》めを刺すのが定法である。

ただし、殿中では仕手も討たれるほうも、一尺七寸三分（約五二センチ）の定寸の脇差である。

永正は覚悟を決めていたが、身体が反応したときはなんの覚えもなかった。身体は勝手に動いた。正座から左足を立てて抜刀した。

次に右足を踏み出した二歩目で身を起こし、左足を引きつつ袈裟《けさ》斬りにするのが居合斬りである。

ただし、永正にその間はなかった。

左足を立てて抜刀したところで、与七郎の脇差がうなりを発して打ちかかり、鋼《はがね》を鳴らし、それをぎりぎりに受け止めた。

永正と与七郎の動きは一瞬止まった。

両者の全身の力が嚙《か》み合った刃《やいば》と刃の一点に集中し、獣の遠吠《ぼ》えのように軋《きし》んだ。与七郎の若い膂力《りょりょく》は凄《すさ》まじかった。百日の蟄居で鈍《なま》った永正の体勢をじりじりと仰け反らせ、追いつめた。

列座していたときの、若々しい明るい顔つきは、嚙み締めた歯を剝《む》き出し、紅潮した怒りの形相に変貌していた。

ほぼ同時に下役の二人の見搦人が抜刀し、立ちあがっていた。

与七郎は焦っていた。

上意の一刀を受け止められ、そのため、あとの流れにわずかな狂いを生じた。

しかも、永正との間合いが足りないことに気づいていなかった。

近すぎた。

永正の脇差をにぎる右の手首を押さえ、力任せに組み伏せて討ち、仕手の役目を果たそうとした。

相手の動きを察知する冷静さを欠いていた。

剣術の腕は確かだが、実戦は初めてだった。永正も同じく初めてながら、相打ちを避けられぬことに気づいていた。

これまでかと……

その覚悟の差が出た。

永正は嚙み合った与七郎の刃をはずし、与七郎の差し出した手を一閃《いっせん》した。同時に、与七郎の斬撃を肩に受けた。

しかし、動きが止まらなかったのは、永正の一閃が与七郎の差し出した手の指四本を斬り飛ばしていたからだった。与七郎は、永正を組み伏せることができなかった。

永正は歯を食い縛って苦痛を耐え、与七郎の左へ二歩目の右足を踏み出し、廻りこんだ。

立ちあがった二人の見掛人の間に与七郎を挟む恰好《かっこう》になった。

片や与七郎は指を斬り飛ばされ、身体をよじった。

それが、永正の肩へ浴びせた一撃を深手にはしなかった。

永正は瞬時もおかず、左足を引きつつ与七郎のこめかみを右袈裟斬りにした。

与七郎は脇差を捨て、両膝を落とした。こめかみから赤い紐《ひも》のように血が噴き出し、絶叫をあげて横転した。

途端、永正の背中に鋭い痛みが走った。左列の侍に背後から斬りつけられた。

ただ、それも踏みこみが足らなかった。永正の袴を裂き、背中をひと筋に疵つけただけだった。

侍は刀をかえす間もなく、ふりかえり様の永正の横薙《よこな》ぎに頬から口へかけて斬り割られ、悲鳴とともに左列の侍たちの中へ吹き飛び、のたうち廻った。

ところが、下役の二人の見掛人は強敵だった。

二人が番方の中でも腕利きであることはわかっていた。

二人は、すでに虫の息の与七郎を飛び越え、左右より永正へ斬りつけた。

ひとりの一撃を払うのが精一杯だった。もう一刀に肩から胸へ斬撃を受け、永正の袴の片側の肩衣《かたぎぬ》が、鳥が羽ばたくように跳ねた。

唇を一文字に固く結び、永正は両膝から畳に坐りこんだ。

血まみれの脇差をにぎった恰好で膝に両手をつき、くずれ落ちかかる身体《からだ》をかろうじて支えた。

「上意」

見搦人が高らかに呼ばわった。

坐りこんだ血だらけの永正に、止めの一刀を打ち落とした。

すると、力つきてよろけたかのように永正の身体がなびいた。

見搦人の懐へ凭れかかった次の瞬間、永正は左膝立ちに脇差の柄《つか》を両手でにぎり締め、見搦人の左の脾腹《ひばら》を斬りあげた。

見搦人の一刀は、懐に入った永正の残影へ打ちかかっていた。

見搦人は身体をくの字に折り曲げ、血の噴きこぼれる脾腹の疵を押さえて喘《あえ》いだ。脇差の切先が波のようにゆれた。

束の間、周囲が啞然《あぜん》として見搦人を見守った。

だが、永正は懸命に立ちあがるや、今ひとりの見搦人へくずれ落ちる見搦人の身体を突き退《の》けた。

そして、それを払った見搦人の束の間の遅れを逃さず、左へ一歩身を転じて、右足を引き左袈裟懸に仕留めた。

「うおお」

見掛人が雄叫《おたけ》びを発した。

首筋より血飛沫《ちしぶき》を噴きあげながら、だだだっと後退していき、御年寄衆の間の廊下から、白い玉砂利を敷いた中庭へ転落した。

白い玉砂利は、噴き続ける血でたちまち赤く染まった。

残りの役人たちは、みな総立ちで脇差を抜いていたが、わずかな間に起こった凄まじい斬撃に度肝を抜かれていた。

そのため、永正がふりかえり、家老の尾沼正源に迫ったとき、それを庇う動きが後手に廻った。

上意討ちに反撃を加え、敢《あ》えて主君を斃《たお》しても意地を貫くのが、武士の心意気である。見事、反撃を加え得て逐電したなら以後は差しかまいなしというのが、戦国の気風が残っていた古来よりの武士の習いである。

斬るも斬られるも、それは覚悟のうえの行為なのである。

永正は残った最後の命をかけ、家老の尾沼正源を討ち果たすと迫った。

尾沼は慌てて左列の大室典膳のほうへ逃れ、大室典膳の肩と交錯しもつれた。

二人へ肉薄した永正は、眼前の大室へ右袈裟懸に斬りつけた。尾沼ともつれた大室のかまえは乱れていて、永正の必死の一撃を防ぐ間はなかった。額から鼻筋へ赤い亀裂が走り、大室は絶叫を残して、交錯した尾沼を巻きこんで倒木のように横転した。

尾沼は大室の横転のはずみを食って足を滑らせ、尻餅《しりもち》をついていた。

「この上意、承服いたしかねる。お覚悟を」

永正は尾沼に言った。

「わかった、永正。おぬしの勝ちだ。もうよい。これまでだ。上意は済んだ。みな刀を納めよ。永正、おぬしも刀を引け、引け……」

尾沼は尻餅をついた恰好で永正を見あげ、喚《わめ》くように言いかえした。

永正の背後を囲んだ役人らが、怪訝な顔つきで動きを止めた。

そこへ、玄関に待機していた目付衆や番士らが、異変に気づき廊下を鳴らして駆けつけた。御年寄衆の間に死傷者が倒れ、庭にも血まみれの一体が転がる惨状を見て、どよめきが起こった。一同は永正をとり囲み、

狼藉《ろうぜき》、狼藉……

と口々に叫び、脇差を抜いた。

「やめよ。もう終った。方々、刀を引け。終ったのだ」

尾沼が荒い息を吐きながら、再び大声で命じた。

駆けつけた侍たちは、尾沼の命令に戸惑った。互いに顔を見合わせ、脇差を空しくかまえるしかなかった。

「これ以上、家臣同士の斬り合いは無益だ。殿さまの家臣を、これ以上死なせることはできん。方々、永正に手を出すな。永正は、上意討ちの仕手に反撃して斃した。逐電いたせば差しかまいなしが古来よりの定法だ。永正、いかせてやる。国を去れ」

永正は血走った目を、尾沼から周囲へ向けた。

そして、すぐに尾沼へ見かえった。

「嘘《うそ》は言わん。とっとといくがいい。みないかせてやれ。武士の情けだ」

しばしの冷たい沈黙ののち、永正は血に濡れた脇差をわきへおろした。

肩を上下させて、荒い息を吐きながら身をかえした。廊下へ出て、よろける足どりを見せぬよう、端然と歩んだ。

白足袋は血に染まり、廊下にも血の跡がついた。

侍らは、永正の前後をとり巻いていた。

名前は思い出せないが、顔は見知っている番方の倅もその中にまじっていた。

本殿玄関の大庇下には、北門の警固についていた番士らが集まっていた。

それぞれの主の供をしていた草履取や中間《ちゆうげん》らも、番士らの後ろを囲み、不穏な気配に包まれた玄関を見やっていた。

むろん、弥平次もその中にまじり、侍らの頭ごしに玄関を見守っていた。何もわからないのに、胸が高鳴った。

隣にいた紺看板に梵天帯《ぼんてんおび》の中間が、玄関へ向いて不審そうに呟いた。

「何があったんだ」

「さあ……」

弥平次も玄関から目を離さず、首をひねった。

と、そこへ侍らの一団が後退るような恰好で、玄関の間にばらばらと走り出てきた。みな脇差に手をかけ、いつでも抜刀できるかまえだった。

侍らの一団に続いて、主人の永正が歩み出てきたのを見て、弥平次は吃驚《びつくり》したものの、やっぱり、と思った。

永正の裃が斬り裂かれ、垂らした刀もにぎった手も血だらけだった。

しかし、血まみれの苦痛に堪《こら》えながら、凜然とした素ぶりに見えた。

すぐに、永正の後ろからも侍の一団が、物々しく現れた。脇差をかまえている者もいた。

大庇下に集まった者らの間に、喚声があがった。

「相済みません、相済みません。手前の主人でございます」

弥平次は身体を縮めて断りを入れつつ人垣をかき分け、玄関式台の下へかがんだ。両手に永正の草履を捧げ持っている。

「旦那さま、お履物でございます」

弥平次は草履をそろえ、玄関の間の永正へ声を高くして言った。

周りの侍たちが驚いて、弥平次へ向いた。

永正は弥平次に気づき、頷いた。玄関の間から式台へ段々をくだり、弥平次を見おろした。弥平次に声をかけようとしたが、こみあげる苦痛に言葉を阻まれ、顔を歪《ゆが》めた。

そのとき、永正の傍らへ若衆ほどの年若い侍が恭しく近づき、片膝突きになった。若侍は懐紙をとり出し、

「お刀を……」

と、永正の血脂に汚れた刀身を懐紙で包んだ。

そうして、静かにぬぐった。

永正は、この若侍も顔見知りの番方の倅に違いない、と思った。みな若い、と思った。

「かたじけない」

永正は若侍へ、ようやく声を絞り出した。

本丸の三芳野天神の境内で、蟬が燃え盛る炎のように騒いでいた。

五

西の端の、夕焼けの鮮やかさが次第に色褪《あ》せるころ、永正の疵を縫い治療を施した本町の蘭医が、

「疵が深い。むずかしいですな。安静にして、あとは祈るのみです。容体が変わったら、いつでも呼んでくだされ」

と、言い残して帰っていった。

二十五年前と違い、城下の町家にもいく人かの蘭医が診療所を開いていた。

横たわる永正は、わずか半日でかくもと思うほどやつれ、蒼ざめた顔を行灯の

明かりが届かぬ天井へ向け、瞼《まぶた》を静かに閉じていた。

早菜は永正の枕元から片ときも離れず、父親の顔に顔を近づけ凝っと見つめていた。早菜の顔色は、血の気が失せ真っ白に見えた。

小左衛門は早菜と向き合う枕元に端座し、うな垂れている。

下男夫婦と婢《はしため》が勝手で働くひそめた物音が、とき折り居室まで聞こえた。

腰付障子を閉じていても、日暮れの涼気が庭のほうから流れてきた。疵を洗う小盥《たらい》の水が鏡のような面を張っていた。

疵口に巻く白い晒《さらし》や手拭、薬、水差しが、早菜の傍らにおかれ、違い棚の花活けの赤いほうせんかが、昨日と変わらず、花を咲かせている。

市兵衛は小左衛門に並んで、永正の容体を見守っていた。

そのとき、矢藤太と弥平次は、表門わきのわき門を少し開いて、次第に暮れていく門外の薄暗い小路を見廻していた。表門から小路が真っすぐ延びた先の、土塀の曲がり角あたりに黒い人影が見分けられた。

数体の人影が固まり、また消えたり現れたりうろうろした。

「あれ、人数が増えてる。さっきは二人だったのに、五人になってます」

矢藤太の傍らにかがんで、わき門の隙間からのぞいている弥平次が、ぼそぼそとささやいた。

「たぶん、前からお屋敷を見張っている横目役の手の者だろう。乗りこんでくるつもりか。これ以上人数が増えたら、まずいな」

矢藤太はわき門を強く鳴らして閉じ、閂《かんぬき》を差した。

「門を開けろって叩《たた》かれたら、どうしたらいいんです」

弥平次が不安そうに訊いた。

「そのときは、人を呼んできますからお待ちくださいって言って、早菜さまか小左衛門さんの指図を受けるんだ。言いなりになっちゃあいけないよ。あっしは小左衛門さんに知らせてくる。見張りを頼む」

「お任せください」

弥平次は若い声をはずませた。

矢藤太は、永正が伏せっている居室に戻り、市兵衛と小左衛門に門外の様子を伝えた。

「乗りこむ気か。なんと理不尽な。それが武士のすることか。そのときは、それがしが旦那さまをお守りするしかございますまい」

小左衛門が眉をひそめ、膝の上で青白くなるほど拳《こぶし》をにぎり締めた。

市兵衛と矢藤太は顔を見合わせた。すると、早菜が永正から顔をあげ、

「どうしました」

と、小左衛門に言った。

「はい。門前に人が集まっておるようでございます」

小左衛門が声を震わせた。

矢藤太が、以前から屋敷を見張っている横目役と思われます、と言った。

「開門を求めてきたら、いかがいたしますか」

早菜は束の間考えてから言った。

「お役目の方が見えたなら、わたくしが応対します。藩の命令で立ち退きを求められても、事情を話し、しばらくの猶予をお願いします。武士は相身互《あいみたが》い。お聞き届けくださいますとも」

そのとき、

「早菜……」

と、永正が目をうっすらと開いて呼んだ。

「はい、お父さま。早菜はおります。具合はいかがですか。疵はちゃんと縫っていただきました。安静にしていれば、きっとよくなります」

早菜が永正に顔を近づけて言った。

「そうか。眠っていた。少し楽になった。小左衛門はいるか」

「旦那さま、おそばにおります。よくぞご無事で、嬉しゅうございます」

小左衛門が永正へにじり寄った。

「小左衛門、若いころのように褒めてくれるか」

「褒めて差しあげますとも。若きころが甦ります。お見事でございました」

「村山家が、改易になってもか」

「勝敗は武門の習い。名は残ります」

「なら、安心した」

永正は目を閉じ、しばし沈黙をおいた。

「お父さま、お水を飲まれますか」

早菜が耳元でそっと言った。

「済まぬ。今はよい。唐木市兵衛どのと、矢藤太どのは、おられるか」

「唐木市兵衛、ここに控えております」

「あっしも、おります」

「そこにおられましたか。覚悟は、しておりました。今、ここにこうしていることが、不思議に思えますが、これはさけられぬことでした。その通りになっただけです。思い残すことはありません」

永正の声が途ぎれ、呼気が静かに流れた。

「唐木どの、矢藤太どの、昨夜、申しましたな。自分の所為《せい》ではなく、自分ではどうにもならない天命であったとしても、自分を恥じ、自分を許さず責めを負うのが武士だと。二十五年前、連三郎さんは旅だっていかれた。わたくしにも、そのときがきたのです。今、それが確かにわかります。いかねばならぬところがあります。いくしかないのです。連三郎さんのように……」

「お父さま、お話はそれぐらいになさって。疵に障ります」

「早菜、心配かけて、済まない。だが、ときがきたのだ。今、話さなければならないのだ」

早菜にかえす言葉はなく、ただ、父親を見守る目が見る見る潤んでいき、あふれる涙を滴らせた。

市兵衛には、永正の存念がひりひりとした痛みのように感じられた。

「お手伝いいたします」

市兵衛は言った。

「お命じください。なんでもいたします」

矢藤太が続けた。

「旅だつ前に、得度《とくど》をいたしたいのです。わたくしの所為で命を失った、十一名の傍輩の菩提《ぼだい》を弔《とむら》う勤めが、わたくしにはあります。のみならず、武士の習いとは申せ、刃を交わして戦い斃《たお》した相手も、今は同じ仏の身となり、怒りも憎しみもありません。ともに、菩提を弔う旅になります。わが菩提所の、東明寺の遍念智祥さまに、受戒《じゅかい》をお願いできればありがたい……」

「承知いたしました。遍念智祥さまをすぐにお招きいたします」

刀をとって立ちあがりかけた市兵衛を、小左衛門が止めた。

「東明寺へはそれがしが参ります。何があるかわかりません。唐木どのと矢藤太どのは屋敷にいて、早菜さまをお守りください。老いぼれても、まだ少しは旦那さまのお役にたてます」

小左衛門は言った。

暗くなってから、年寄の比賀万之丞はわずかな供を従えただけの人目を忍ぶ頭《ず》巾《きん》姿で、裏宿のはずれ、本町鏡稲荷裏の菅留吉の拝領屋敷を訪ねた。

昼間の上意討ちの顚末《てんまつ》があって、表だっては家中の平穏が保たれていた。しかし、陰では不穏な動きがあるのは確かだった。

すべては、菅留吉ごとき粗暴な者にやらせたのが間違いだった。

取り締まりを厳しくすればよいだけのものを、十一人もの藩士を始末したことが、かえってそののちに強硬な手だてを打たざるを得ない事態に、自分たちを追いこんだ。

上意討ちという手段を、使わざるを得なくなった。

比賀には、自分たちが推し進めたという意識は霧散《むさん》していた。まるで、不承不承やらされたとすら、本気で思いこみ始めていた。

挙句にこの顚末を、江戸の殿さまにどう言いわけできるのか。

こんなときに、城内の屋敷に横目役の菅留吉が訪ねてくるのを人に見られては拙《まず》い。そのため、このような姿で比賀が訪ねるしかなかった。

部屋には比賀がひとりであがり、横目役頭の菅留吉と、後ろに控えた殺生方の松本蔵六と宮内馬ノ助と対座した。

一灯の行灯の薄暗い部屋で、男らのぼうっとした影が閉てた障子戸に映っていた。

三人ともに酷薄そうな目つきを、遠慮なく比賀に向けている。

無礼な、これでも武士か、と腹の底で呟いた。

一方で武士の面目などないこういう者たちを、それと承知で使ってきた言いわけのできない実事《じつじ》を突きつけられた気がして、比賀は背筋が冷たくなった。

「どういうことでございますか。先だっては、万が一の事態には、われらが速やかにあとの始末をつけるのではなかったのでは、ございませんか。村山永正の逐電を許さず、上意討ちは武門の作法に則り粛々と執り行われたと、江戸の殿さまにご報告ができるよう、すべてを領内で目だたず徹底してと、大室さまとご相談なされて、それがしに命じておくと、言われたではございませんか」

留吉が濁った声を響かせた。

「事情が変わった。村山永正には手を出してはならん」

「万が一、このような事態があってはと、それがしに村山の始末を命じておられたのでございますから、事情は変わっておりません。村山を生かしておいては、御養子お迎えの支度の費えにこれまで藩が抱えた借用金は無駄金になり、そんな事態になれば殿さまが激怒なされ、比賀さまや大室さまも安泰でいられず、事と次第によっては、領内の商人らとのこれまでの堅い結びつきの差し障りになるお恐れがある、と懸念しておられたのでは、ございませんか。その懸念はないと、何ゆえお考えを改められたのでございますか」

「仕方があるまい。ご家老の尾沼さまが方々を前にして言われたのだ。永正に手を出すな。永正は、上意討ちの仕手に反撃して斃した。逐電いたせば差しかまいなしが古来よりの定法だとな。方々に、武士の情けだとも言われたのだ。方々の面前でそこまで言われ、それをおぬしら横目役が闇討ちにしたら、ただでは済まぬことになるぞ。それでもよいのか」

留吉は顔をそむけ、眉間に不快が露《あら》わないく筋もの皺を刻んだ。

「ふん、だから申したではありませんか。与七郎ごとき……」

もう沢戸どのではなく、与七郎と侮蔑をにじませて呼び捨てた。それから、嘲《あざ》笑《わら》うように唇を歪めた。

「所詮は未熟者。道場の凄腕が、実際の斬り合いの場で役にたつとは限らぬのです。実際の斬り合いは、道場の稽古ではないのです。日ごろの稽古を実際の斬り合いの場に活かすには、経験が必要でございます。経験が浅い。与七郎ごとき、と思っていた通りでございましたな」

後ろに控えた松本蔵六と宮内馬ノ助が、身体を丸めて下から睨《にら》みあげるように、酷薄そうな眼差しを投げてきた。

無礼者が、と比賀はまた腹の底で呟き、眉をひそめた。

それにしても、あのような顛末になるとは、誰が予測し得ただろう。村山永正があれほどの腕前とは。ひとつ間違えば、大室典膳の怪我は自分の身に起こったことかもしれなかった。

その思いがよぎり、比賀は身体が粟《あわ》だつのを感じた。

「よいか、言うておくぞ。指図があるまで動くな。大人しくしておれ。村山永正に手を出すな」

比賀はそれを繰りかえし、気だるさを覚えた。

ははあ、と菅は不満を隠さずに言った。

「ところで、江戸の近江屋が村山家に遣わした、浪人者の唐木市兵衛と口入屋の矢藤太なる者は、いかがいたしますか。やはり、永正と同じで、やつらも放っておくのでございますか」

「おう、そうであった。近江屋から村山家へ託けられた用が何か、確かめておけと命じていたな。幕閣のご用も務める近江屋を相手にするのは厄介だ。両名のことで、何かわかったか」

「村山屋敷に出入りしておりますご用聞きにあたってみましたが、二人が江戸からきたことすら、知らぬようでございます。二人がきたときは、村山家の蟄居は解かれておりませんので、日が暮れてからしか、屋敷を訪ねることはできません。ご用聞きらが知らぬのは、まあ、無理もございません。屋敷の使用人らにも、それとなく訊きこみをさせましたが、使用人らはなかなか口が堅く、こちらのほうもまだ何も聞き出せません」

比賀は、さほど気がなさそうに憮然《ぶぜん》とした様子で、目を宙に泳がせた。

「ただ、蟄居の解かれた昨夜の前の二晩、二人は志多町の東明寺に宿をとっておったのでございます」

「東明寺だと？　旅籠《はたご》ではないのか」

比賀は目を見開き、訝しげに訊きかえした。

「手先に使っておる小者が、東明寺の寺男と顔見知りでしてな。手先が寺男から訊き出したのは、どうやら、二人が東明寺で宿がとれるよう、住職の遍念に口を聞いた者が江戸におったようでございます」

「それだけか」

「ですが、寺男が申しますには、口を聞いた者は東明寺の遍念と昔からの馴染みで、どうやら江戸の旗本らしいのでございます。相当身分の高い旗本とか。それがまことなら、そんな旗本が、素浪人や口入屋ごときと如何《いか》なるかかり合いがあるのでございましょうかな。近江屋なら、いかに大店でも所詮は町人。素浪人や口入屋とのつながりがあったとしても怪しむには足りません。それが、身分の高い旗本となると、素浪人や口入屋ごときとのかかり合いとなれば……」

「高い身分とは、どういう役目の旗本なのだ」

「それはわかりません。もしかしたら、素浪人も口入屋も偽りの姿で、正体は御公儀の指図を受けて、隠密にわが藩の内情を探っているのでは。例えば、このたびの将軍家よりの御養子お迎えについて、わが家中を隠密に探りにきたとか。御養子お迎えに反対する動きが家中にあると懸念を持たれ、密偵が向けられたと考えられませんか。じつは、わが手の者と村山の屋敷を出てきた唐木市兵衛らと小競り合いがございましてな。あの男、素浪人にしては相当腕がたつようでございます。ただ者ではないのかもしれません」

「小競り合いだと。そんなことがあったのか。村山の屋敷に出入りする者を、密かに見張っているのではないのか。おぬしの手の者は、使うのは腕ばかりで、頭は飾りなのか」

菅は比賀の皮肉を無視し、冷やかにかえした。

「如何《いかが》いたしますので。永正と同じに、唐木市兵衛と矢藤太も放っておいてよろしいのでございますか」

「おぬしの推量があたっていたとしたら、放っておくのは拙《まず》い。二人の動きも厳重に見張れ。ただし、こちらが言うまで手出しはならん」

「二人が領国を出るときは、手を拱《こまね》いて見送るのでございますな」

「そのときは、理由をつけて領国から出すな」

「無理矢理に出ようとしたら」

「そのときは、その場その場で見計らい、どうするかは任せる」

比賀が苦しまぎれに言うと、松本蔵六と宮内馬ノ助が冷笑を寄こした。

六

半刻後、蔵町の暗い小路にとぐろを巻いていた男らに、宮内馬ノ助が声をかけた。

「みないるか」

男らは五人で、「おう」と、馬ノ助に待ちくたびれたような怠《だる》そうなうめき声をかえして、だらだらと立ちあがった。

菅啓介、石野満右衛門、樫田恒三郎、神谷浩次、春山豪の五人で、横目役頭の菅留吉配下殺生方である。

みな袴の裾近くまである黒の長羽織を着けている。

「宮内さん、いよいよ踏みこみますか」

菅啓介が声をひそめて言った。

菅留吉の倅の啓介は、三年前から横目役殺生方の見習いに就いて、まだ十六歳だった。留吉は近ごろ、殺生方の一隊を啓介に任せることが多くなっていた。

子供のころから喧嘩で身につけた腕っ節には自信があって、いつもうずうずしているが、そういうところを案外に買っていた。

あの歳なら無鉄砲なぐらいでなければ、おれの跡は継げぬ、と見ていた。

町家で啓介が町民相手に乱暴狼藉を働き、それを町奉行所に訴えられ、そのたびに尻拭いをさせられながらも、町民ごときの訴えなど、さしたることではない、とすら思っていた。

馬ノ助は啓介に素っ気なく言った。

「いや。村山永正には手を出すなと、お頭の命令だ。今夜は引きあげろ。明日、これからどのようにするか、お頭が改めて指図する。事情が少々変わった」

「そんな。われらはすぐにでも乗りこむ気で、待っておったのです。村山永正に手を出すなとは、どういうことですか」

「啓介、あまり大きな声を出すな。周りに聞こえる。だから、比賀さまよりのお達しなのだ。村山永正に手を出してはならんと。仕方があるまい」

「それでは、殿さまに無礼を働いて上意討ちを命じられた不忠者を、見す見す逐電させてもかまわないのですか。われら家臣が上意討ちの主命を果たさずとも、かまわぬと仰るのですか」

「永正をどうするかは、上が決める。お頭は上の指図に従い、われらはお頭に従うだけだ。屋敷には乗りこむなと、お頭の命令だぞ」

「承服いたしかねます。このまま、永正を見逃すのは解せません。なあ、みなもそうだろう。永正は許せぬ。鉄槌《てっつい》をくださねばならぬ」

　そうだ、永正を逃すな、生かしておけん……

　などと、周りが口々に啓介に同調する口ぶりを並べたてた。

「啓介、親父《おやじ》さまの命令に逆らう気か。熱くなりおって。頭を冷やせ。仕方がないのだ。われらにはどうにもできぬのだ」

馬ノ助は、啓介の長身の鍛えた肩をぽんと突いた。それから、周りのひとりの春山豪へ向き、

「豪、刀をなくしたときのように、またお頭に叱られるぞ」

と、嘲笑を投げた。

「いや、おれは、お頭の命令に逆らう気はない。けど……」

豪はしどろもどろに言った。

「宮内さん、では、永正には手を出しません。ですが、永正が屋敷にまだいるかどうか、それぐらい検《あらた》めるのはかまわないのではありませんか。あれだけ斬り合って、それでも平然と屋敷に戻ったのです。もしかしたら、もう逐電したかもしれない。そんなことは絶対許せません。われらの恥だ。他国の者に知られたら、われらは笑い物ですぞ。手を出すなというのは、おめおめと引き退れ、ということではないでしょう」

馬ノ助は顔をしかめた。

顎の無精ひげを物思わしげに擦《さす》り、五人を見廻した。

「それぐらいなら、まあ、よいか。啓介、心得ろよ。役目の検めだぞ。先走って

刀を抜いてはならんぞ。親父さまに面倒をかけることになるぞ」

「わかっております。みないくぞ」

啓介が真っ先に身を転じて、対丈の黒羽織の裾をゆらし、鉤形《かぎがた》に折れ曲がった小路の角を折れて、小路の真っすぐ先の、村山屋敷の表門を目指した。

表門は黒い影でしか見えないが、長屋門の瓦屋根の上に今宵《こよい》も鮮やかな星空が広がっていた。

長身の啓介に従って、四人がけたたましく草履を鳴らし、馬ノ助は五人から離れてだらだらと続いた。

やがて、啓介が門の前に立ち、門の屋根を見あげた。

拳をふりあげ、力強く叩き始めた。黙って二度叩き、

「検めえっ」

と、十六歳の甲高い声を走らせた。再び門扉を叩いて言った。

「検めえっ、開門、開門……」

啓介は門を叩き続けた。

「ど、どちらさまでございますか」

しばらくして、怯《おび》えた声が門内から投げかけられた。門扉の隙間から、明かり

がちらちらともれた。

「御用の検めだ。門を開けろ。開けぬなら叩き破るぞ」

啓介は喚いた。周りの屋敷は、何かを察しているかのように静まっている。

馬ノ助は拙いことにならなければいいが、と嫌な予感がした。だが、あれだけ言ったのだ、大丈夫だろうと思った。

「し、しばらくお待ちください。早菜さまに訊ねてまいります」

と、門から走っていく足音が聞こえた。


そのとき、永正の居室では、東明寺の住持・遍念智祥を招き、永正の得度の儀式と受戒が行われていた。

遍念和尚は香を焚《た》き、観無量寿経《かんむりようじゆきよう》を唱えると、布団《ふとん》より身を起こして合掌《がつしよう》し趺坐《ふざ》する永正の髷を落とし、剃髪《ていはつ》して得度の儀式を行った。

居室には四灯の行灯が灯され、遍念和尚と弟子の僧侶、永正とその左右に早菜と小左衛門、市兵衛と矢藤太が居並び、表門の番をする弥平次をのぞく、使用人の下男夫婦と一季奉公の婢も同座していた。

早菜と小左衛門は、深い疵を負い身を起こすことさえ困難な永正を支えようとした。けれども、永正は二人の助けを拒み、自分ひとりで身を支え、得度の儀式にも受戒の法要にも耐えた。

早菜はその間、片ときも永正の傍らから離れず、目を静かに閉じて合掌する父親の姿を、その潤んだ目に焼きつけるため、凝っと見つめていた。そこにはもう悲しみはなく、父親の旅だちを見送る敬虔《けいけん》な祈りしかなかった。

剃髪が済むと、遍念和尚が言った。

「わが宗派の開祖・円照《えんしょう》大師一遍智真《ちしん》さまが、生国伊予《いよ》の窪寺《くぼでら》にお籠《こも》りになられて日夜専修念仏に励まれますこと三年余、十一不二頌《じゅういちふにじゅ》を感得なされました。それをここにおられますみなさま方とともにお唱えいたし、村山永正さまの授戒といたしましょう。わたくしが四つの頌をひとつずつ唱え、四度繰りかえします。一頌ごとにみなさま方もお唱えくださいますように」

一同が合掌した。

十劫正覚衆生界　一念往生弥陀国　十一不二証無生　国界平等坐大会……

と、和尚の唱える頌が高く低くうねって、一同の頭上を舞うように流れていった。

その意味するところは、法蔵菩薩《ほうぞうぼさつ》が十一劫の昔、悟りを得て仏になられたということは、そのときこそがまさに衆生の往生が決定したのであって、衆生はただ一遍の念仏により生きながら往生するゆえ、仏の成仏以来の十劫は、衆生の唱えるただ今の念仏一遍と同じものであり、そこには生も死もなく、浄土もこの世もひとつで、仏と衆生はともに同じときに同座している、というものである。

永正は美しく剃髪した頭を垂れ合掌し、その傍らの早菜も父親に寄り添って合掌し、朱の唇をかすかに震わせていた。

遍念の頌が二廻り目になったときだった。

一同の唱える頌を乱すように表門がけたたましく叩かれ、「開門」と喚く声が聞こえてきた。

しかし、和尚の頌も一同の唱和も止《や》まなかった。永正も早菜も小左衛門も、目を伏せ合掌を続けていた。

市兵衛は何も言わず、刀をつかみ居室を出た。

矢藤太が道中差をつかんで、市兵衛に続いていた。

玄関に出たとき、小提灯を手にした弥平次が玄関へ駆けてきた。

「検めと、門を開けろと、喚いています」

弥平次が表門を指差して言った。

「承知した。わたしが応対する」

市兵衛は大刀を帯び、玄関を出て敷石に草履を鳴らした。

矢藤太は続きながら、着物を尻端折《はしょ》りにした。

弥平次が二人の後ろについて門へ戻った。

門は門扉がゆれるほど激しく叩かれ、「早く開けろ」と怒声が聞こえた。

主屋の居室のほうでは、十一不二頌が続いている。

市兵衛は門の手前で歩みを止め、門外へ言った。

「当家ではただ今、村山永正さま受戒の法要が行われております。すでに暮れており、そのように激しく門を打たれ、門前で喚かれましてはご近所迷惑でございます。お静かに願います」

「検めの御用だ。門を開けろ」

なおも門を叩き、怒声が投げつけられた。

「さて。検めとは、いかなるお役目のいかなる検めか、お役目ご姓名をお聞かせ願います」

「おのれ、戸を開けぬと打ち破るぞ」

「胡乱《うろん》な。日も暮れたこの刻限に、名乗りもせず、役目もいかなる御用かも言わず、いたずらに戸を叩き門前を騒がすは、夜盗の押しこみか。そのような者、一歩たりとも屋敷に入れはせん。踏みこんできたときは、直ちに斬り捨てる」

「お、おのれ」

すると、大声で喚いていた甲高い声とは別の、低く響く男の声が言った。

「横目役頭・菅留吉さま配下の宮内馬ノ助だ。臨時の検めにきた。急いでいる。つべこべ言わずに門を開けろ。それとも、御用の検めを拒み、屋敷におる者すべてをお縄にされてもよいのか」

「承った。しかしながら、ただ今は法要の最中《さなか》ゆえ、わき門より静かにお入りいただきたい。よろしいな」

「わき門だと。おのれ、すでに改易の主命を受けながら、無礼者め」

若い声が、また怒鳴った。

かまわず、市兵衛は弥平次にわき門を開けるように言った。

弥平次がわき門の閂をはずすと、男らの黒い影が次々と門内に踏みこんできた。黒の長羽織をひらめかせた侍が、五人だった。

弥平次の小提灯が、五人が門を背に横隊になり、玄関を背に敷石に立った市兵衛と矢藤太に対峙《たいじ》する態勢になったのを、薄明かりで照らした。

「市兵衛さん、この前の黒羽織が三人いるぜ」

市兵衛の後ろで矢藤太が言った。

「ふむ。二人増えたな」

「違う。三人だ」

矢藤太が、わき門を悠然とくぐったもうひとりを見て言った。

この男は、先に入ってきた五人より年嵩《としかさ》と思われ、黒の長羽織は同じながら、腕に自信がありそうな懐手《ふところで》をしている。

宮内馬ノ助に違いなかった。

石野満右衛門と樫田恒三郎、春山豪の三人が、市兵衛と矢藤太を、目を剝いて睨んでいた。

「こいつらは、江戸からきた素浪人と口入屋だ。この屋敷の者ではないぞ」

「唐木市兵衛と矢藤太だな。おまえら、ここで何をしておる」

満右衛門と恒三郎が投げつけた。

「そうか。素浪人の唐木市兵衛と口入屋の矢藤太は、おまえらか」

啓介は、屋敷に入った六人の中では最も背が高く、まだ若衆の年ごろだったが、まるでほかの者を率いる頭のようにふる舞っていた。

神谷浩次の隣で険しい顔つきを見せていた春山豪が、矢藤太と目を合わせ、思わず、ばつが悪そうに目をそむけた。春山豪は先だって、矢藤太に刀を奪われ、それを投げ捨てられて恥をかかされた。

「よかろう。おまえらにも訊くことがある。先にこの屋敷の者に御用がある。おまえらはあとだ。大人しく退っておれ」

啓介が市兵衛を睨みつけた。

「先ほども申しました。ただ今は村山永正さま受戒の法要の最中。当屋敷の方々は法要のため応対できません。ゆえに、われらが当家主の永正さまに代わって応対いたす。何をお検めか、うかがいます」

「代わりにだと。戯《たわ》け。よそ者のおまえらが御用に応じると言うか。何も知らぬくせに邪魔するな。退け。退かぬなら、おまえらから先に縛りあげるぞ」

「御用の検めと申しておきながら先に縛りあげるとは、異なことを。もう一度申しあげる。ただ今、村山永正さま受戒の法要の最中。当屋敷の方々は法要のため応対できぬゆえ、われらが代わって応対いたす。あのように、当屋敷の方々が唱《しょう》頌《じゅ》しておられる」

和尚の十一不二頌と唱和は、まだ続いている。

「何とぞ、御用のお検めをお聞かせ願います」

市兵衛は膝に手をあて、やわらかく頭をさげ辞儀をした。

「面倒な男だな。何もわかっておらんのなら、身体にわからせてやるわ」

啓介が市兵衛の前へ長い足を踏み出し、拳をふりあげた。

腕っ節の強さは、誰にも負けなかった。これしきの痩せ浪人と、端《はな》から見くびっていた。自分を抑えられず、手が先に出た。

「ほれえ」

頭をさげた市兵衛の総髪へ、拳を無造作に叩きつけた。

ところが、啓介の拳は市兵衛の総髪をかすめもせず、空をうなっていた。

あ？　と思ったが、次に何が起こったのか、啓介にはよくわからなかった。わけもわからず、黒羽織を羽のように広げて宙を飛んで、背中から門扉に叩きつけられていた。

門扉下の石畳に転がったとき、痩せ浪人が拳を躱《かわ》し、首をつかんで突きあげ、丸太のように投げ捨てられたことに気がついた。

啓介は即座に跳ね起きた。

一旦怒りにかられると、ほかは何も考えられなかった。

奇声を発し、石畳に静かに佇《たたず》む市兵衛を目がけ、遮二無二《しゃにむに》突進した。

刀が鞘走《さやばし》ってふりあげた白刃に、弥平次の提灯の明かりがきらめいた。

「啓介、やめろ」

と、馬ノ助が咎《とが》めたが間に合わなかった。

啓介の一撃は激しかったが、粗雑だった。

なびかせた市兵衛の体をかすめ、勢い余って石畳に跳ねて、かちん、と火花を散らした。それでも、自分の足を疵つけなかったのは幸いだったが、啓介はいっそう激昂《げきこう》しただけだった。

左へ廻りこんでいく市兵衛を追いかけ、再び大袈裟に打ち落とした。

市兵衛は抜き放ち、啓介の大袈裟を胴抜きにくぐり抜けた。

胴抜きは羽織を裂き、啓介の脾腹を浅く疵つけた。腕っ節は強くとも、向こう見ずで粗暴で、まともな剣術の稽古を積んだ腕前にはほど遠かった。

市兵衛は手加減した。

しかし、啓介は手加減に気づかなかった。前のめりにたたらを踏んだ体勢を即座にかえし、三度、粗雑な一撃を浴びせてきた。

市兵衛は、右足を引いてそれを躱しつつ、片手左袈裟斬りを放った。

啓介の絶叫があがり、刀をつかんだ右腕が石畳を鳴らした。

血飛沫がしゅうしゅうと音をたてる腕を抱え、啓介は長い悲鳴を帯のようにのばし、身体を縮めて横転した。

「啓介っ」

「おのれ、狼藉者」

と、満右衛門と恒三郎が斬りかかってくるのを、市兵衛は満右衛門の一刀を、かあん、と受け止めた。

瞬時にそれをからめとるように下へ巻き落とし、上へ巻きあげるや、すかさず反転し、恒三郎の袈裟を素早く躱して肩へ軽くあてた。

たん、と恒三郎の肩が鳴った。

ああっ、と恒三郎は叫び、肩に手をあて片膝づきになった。

一方の、からめとられた満右衛門の一刀が星空へ円形線を描いて飛んでいき、満右衛門はそれを、呆然《ぼうぜん》と目で追っていた。そこへ矢藤太が、

「この野郎」

と、素手をかざし呆然と夜空を見あげている満右衛門の横っ腹を、門のほうへ蹴り飛ばした。

満右衛門は、「わあっ」と神谷浩次と春山豪の足下へ転がった。

「てめえら、たたっ斬るぞ」

矢藤太は市兵衛に並びかけ、道中差をつかんで腕まくりをし、威勢よく言った。市兵衛は刀を右下へさげ、馬ノ助から目を離さなかった。

浩次と豪の二人は怯み、指図をあおぐように馬ノ助へ見かえった。

恒三郎は血がにじみ出る肩を押さえ、苦痛に耐えかねて石畳に転がった。

啓介は身体を縮めて泣き声を引き摺っている。

「宮内さん、まだ検めを続けますか」

市兵衛が言ったが、馬ノ助は眉をひそめただけでこたえなかった。やがて、

「唐木市兵衛か。そういうやつだったか」

と、いまいましげに言った。それから、

「引きあげるぞ。浩次、豪、啓介と恒三郎を助けてやれ。満右衛門、起きろ。ひとりで歩け」

と、白々と投げつけた。

痛みに泣き声を絞る啓介を、豪が助け起こした。

弥平次が、刀をつかんだままの啓介の右手を恐る恐る拾い、豪に差し出した。

「唐木どの、矢藤太どの……」

小左衛門の声がかかったのは、弥平次がわき門に閂を差したときだった。

小左衛門は玄関の式台におり、膝に手をあて、穏やかな老侍の風情を見せて、いつの間にか佇んでいたのだった。

「さきほど、旦那さまは受戒を滞りなくお済ませになられました。唐木どのも矢藤太どのも、旦那さまのところへ。弥平次、もうよいからおまえもあがれ。みなとともに、旦那さまの旅だちをお見送りするのだ」

小左衛門は平然と言った。

小左衛門に従い廊下をゆき、次の間に入った。

香が焚かれて香り、澄んだ川のせせらぎのようなすすり泣きが聞こえた。

間仕切の襖《ふすま》は両開きに開けられ、居室に永正が見えた。

布団に横たわり静かに目を閉じた永正に早菜がすがり、「お父さま」と声を絞り、身体を震わせていた。早菜の白い指が、剃髪した永正の頭を撫でていた。

枕元の和尚と若い僧侶が合掌し、経を唱えていた。

下男夫婦と婢のすすり泣きも混じっていた。

「なんてこった……」

と、矢藤太が言った。

「やはり、そうでしたか」

市兵衛が言った。

「はい。旦那さまはつい先ほど、旅だたれました。お静かな、旦那さまらしいお旅だちでございました。五十年のご生涯でございました」

小左衛門が永正の布団のわきに着座し、白髪混じりの頭を力なく垂らした。

違い棚の花活けに、赤いほうせんかが鮮やかだった。

そのとき、暗い空の果てに朝焼けが次第に色づき始めた野の道が、はるばると開けた。楠が葉を繁らせ、その木の下に地蔵菩薩が一体、祀《まつ》られている。鳥影が彼方の色づき始めた空をかすめていた。

ただ、野の道には深い静寂がおり、厳かな日の出を待っているかであった。

旅拵《ごしら》えに身を包んだ永正が、その野の道を歩んでいくのが見えていた。

いくところがあります。いかねばならぬのです。

と、永正の声が聞こえた。

ひとりいく武州侍の姿が、その野の道に似合っていた。

第四章　蟬《せみ》の国

一

家老の尾沼正源は、事の顚末《てんまつ》を江戸屋敷に知らせ、藩侯の指図を仰いだ。

江戸屋敷より、側用人《そばようにん》・重里主税《しげさとちから》の書状が届いたのは、村山永正上意討ちの日から数日後であった。

その書状には、このたびの顚末に藩侯はなのめならず驚かれ、村山永正おかまいなしの沙汰はそれでよい、また、村山家改易は致仕方ないものの、永正がすでに泉下《せんか》にあるならば、遺族らにそれ以上の累《るい》を及ぼさず、穏便な処置にて事態の収拾を図るべし、ともあった。

当然ながら、先ごろ遺憾にも落命した家臣十一名、並びに、城中において落命しまた疵《きず》ついた家臣らについては、藩よりの見舞いを手厚くし、残された一門の者や縁者らが短慮なふる舞いに及び、将軍家より御養子をお迎えする御家門の松平大和守家の評判を落とすようなことがなきよう、くれぐれも心配りを怠《おこた》ってはならぬと、釘《くぎ》が刺してあった。

そのうえで、このたびの顚末についてこれ以上触れることを厳に慎《つつし》むよう、家中の者に固く申しわたすべしと、恰《あたか》も、上意討ちの主命などなかったことにせよというかのごとき書状だった。

その後、松平大和守の御家門の、家筋を根拠に将軍家斉さまの第二十四男の紀五郎さまを御養子にお迎えする働きかけは続けられ、二年後の文政十年（一八二七）七月、紀五郎さまの御養子が決定した。

将軍家より御養子をお迎えしたことによって、松平大和守家の国替のもくろみは、着々と進められた。

翌文政十一年（一八二八）、旧領姫路への転封《てんぽう》、または比企郡の領地下付を願い出た。

天保二年（一八三一）には、山形に転封した秋元家の入間、高麗、比企三郡の所領一万石余と、足立大里《あだちおおさと》など六郡に散らばる松平大和守家の領地の交換がなり、天保六年（一八三五）には、将軍家斉さまの一字を拝領し、藩侯矩典《とものり》さまは斉典《なりつね》さまに改められたのも、のちの国替のもくろみへの布石、というべきものであった。

そして、天保十一年（一八四〇）、ついに藩侯斉典さまと御養子大蔵大輔《おおくらたいふ》さまの名で、松平大和守家を出羽庄内《でわしょうない》へ、庄内藩の酒井《さかい》家は越後長岡《えちごながおか》、長岡藩の牧《まき》野《の》家を武州川越に転封という、三方領地替の嘆願書を提出するにいたった。

同年十一月に三方領地替が発令されたとき、諸大名も驚いた。諸大名からこの奇妙な領地替の理由を問う声があがり、御三家御三卿の水戸《みと》家や田安《たやす》家からも懸《け》念《ねん》が表明されたほどだった。

川越城下では才覚金《さいかくきん》や貸金のとりたてに駕籠訴《かごそ》や強訴《ごうそ》の騒ぎが起こり、庄内藩では酒井家の転封を反対する領民の訴えを幕府に願い出る動きまであった。

ところが、三方領地替が発令された翌天保十二年（一八四一）閏《うるう》一月、大御所になられていた頼みの家斉さまが亡くなり、十二代将軍の家慶《いえよし》さまは、三方領地替の城引き渡しの直前、三方領地替の中止を老中水野忠邦《みずのただくに》に命じた。

松平大和守家の国替の、長年のもくろみは頓挫《とんざ》した。

将軍家慶さまは、三方領地替の撤回を命じる前に亡くなっていた、松平大和守家御養子の大蔵大輔の願置を「格別之思召《かくべつのおぼしめし》」によりお聞き入れになられ、二万石の加増を松平大和守家に伝えた。

藩侯はその二万石の加増の領地についても、これまでの国替のもくろみが諦《あきら》めきれぬかのように、新たな願書を出した。

というのも、松平大和守家の借用金はすでに莫大《ばくだい》な額にのぼっていた。

ただ、加増の領地では、松平大和守家の領分になることを好まない領民も多かったと、記録に残っている。

松平大和守家は、余ほどこの武州の地がお気に召さなかったと見えるが、松平大和守家のほうも、武州の民に人気がなかった。

いずれにせよ、それはこの文政八年夏の十数年後のことである。

蟬《せみ》が、屋敷の庭の木で騒いでいた。

永正が亡くなったのち、村山家に藩からのお達しは一切なかった。即刻、蔵町の拝領屋敷からの立ち退《の》きを命ずる使者も現れなかった。

早菜と村山家は、放っておかれた。

早菜と小左衛門は、父親永正の葬儀と初七日《しょなのか》の法要を、東明寺遍念智祥に頼んで無事営み、永正の遺骨は、母親、先代、先々代と眠る東明寺の墓所に葬ることができた。

早菜自身は城下を去らなければならないが、永代の供養は東明寺で行いますゆえそのようになされ、と和尚に勧められた。

早菜は迷った末、そうすることにした。

父母の供養に、毎年、武州のこの地に必ず戻ってこよう。それが、亡き母と亡き父によいことだもの、と早菜は思ったのだった。

初七日の法要を営んだ翌早朝、裾短《すそみじか》に着けた小袖《こそで》に、白の手甲脚絆《てっこうきゃはん》、白足袋《たび》に後ろがけの草鞋《わらじ》、菅笠《すげがさ》に杖《つえ》を携《たずさ》えた旅支度《たびじたく》を整え、二十三年、蔵町の住み慣れた拝領屋敷を早菜はあとにした。

むろん、市兵衛と矢藤太、先代より仕える老侍の富山小左衛門が従い、一季雇いの弥平次が、両掛天秤《てんびん》の荷物をかついで江戸まで供をすることになった。

市兵衛が先頭をいき、早菜、小左衛門、矢藤太、そして弥平次が両掛天秤の荷をかついで続いた。

五人の菅笠姿がまだ暗い蔵町の往来をいくとき、屋敷地の近所の二、三の住人から、ひっそりと見送りの言葉をかけられた。

早菜は丁寧《ていねい》に辞儀《じぎ》をかえし、住人との別れを惜しんだ。

蔵町から宮ノ下の往来をいき、江戸町との境界に設《もう》けられた番所の番士らは、早菜の一行と承知していて、一切検《あらた》めの言葉をかけてこず、一行が通りすぎていくのを、ただ黙然と見守っていたばかりだった。

江戸町を南にとり城下を出れば、江戸まで十三里の江戸道である。

城下を出たのは、夜明け前の空はまだまだ暗く、東の空の端が赤い帯をようやく巻き始めたころだった。

城下を出て台地をくだった岸村《きしむら》の集落近くに、城下よりの一里塚がある。

道の両側に塚を盛って、塚には楓《かえで》の高木が枝葉を繁《しげ》らせていた。

岸村の集落をすぎ、不老川《としとらずがわ》に架かる板橋を渡って、砂新田《すなしんでん》と砂久保《すなくぼ》村を分ける野の道をいき、次の藤間《ふじま》村の手前で天道が、東の空の端をはなれた。

田畑が広がり、百姓家や樹林が遠くに眺められる野を、昇ったばかりの天道が赤々と照らし出した。

暑くなりそうな夏の朝だった。

街道わきの木々で、蟬が盛んに騒ぎ始めていた。

「矢藤太さんは、江戸の人なんでしょう」

と、弥平次が前をいく矢藤太に声をかけた。

「そうさ。おれは江戸の神田三河町の者さ」

矢藤太は弥平次へ見かえり、得意げに言った。

「江戸はどんなところなのかな。どきどきするな」

「弥平次さんは、江戸は初めてなのかい」

「初めてなんです。城下を出たのは、伊佐沼へ仲間らと遊びにいったぐらいで。大宮へは、いつかお参りにいきたいなって、思っているんですけど。江戸はとてつもなくでかい、沢山の人が住んでいる徳川さまの御城下で、毎日がお祭みたいに賑《にぎ》やかな町だって聞いて、凄《すご》いなって思っているだけです」

「確かに、江戸は賑やかな町だね」

弥平次は、朝日に赤らんだ顔をほころばせていた。

矢藤太と弥平次は、なんとはなしに肩を並べた。

「矢藤太さんは、口入屋のご主人なんですか」

「そうだ。《宰領屋》という請け人宿さ。弥平次さんが江戸に住む気があるなら、あっしが奉公先を世話してやるから、任せな」

「毎日がお祭の日みたいに賑やかな町に、住んでみたいな。でも、おれはだめですよ。江戸には知り合いはひとりもいないし、里には親兄弟や親類も、年とった爺《じい》ちゃんや婆《ばあ》ちゃんも、幼馴染《おさななじみ》だっているし、いつか嫁をもらって子供も作らないといけないし……」

「そうだな。生まれ育った土地で暮らすのが、一番いいのかもな」

「矢藤太さんのように、江戸に住んでいる人を江戸っ子って言うんでしょう」

「江戸っ子は、田舎から江戸へ働きに出てきた田舎者の言うことさ。神田生まれの神田育ちは神田っ子さ。八丁堀《はっちょうぼり》生まれは八丁堀っ子、浅草生まれは浅草っ子って言うのさ」

「へえ、そうなんですか」

「そうさ、と言いながら、あっしは神田生まれの神田育ちじゃないんだ。じつはあっしの生まれは京さ。鴨《かも》の流れで産湯《うぶゆ》を使った京生まれの京育ちさ」

「京？　京って、どこですか」

「なんだい、弥平次さん。京の都も知らないのかい」

弥平次は矢藤太へ向いて、首をかしげた。

「京には、天子さまがいらっしゃるんだよ。天子さまは、江戸の将軍さまより由緒ある偉い人だぜ。京の天子さまに較《くら》べりゃあ、江戸の将軍さまは戦《いくさ》は強いかもしれないけど、まだまだ新参者さ。将軍さまは天子さまの前に出りゃあ、頭があがらないんだ。麻呂《まろ》はくるしゅうない、とかなんとかのたまわれてさ」

「京には、将軍さまより偉い天子さまが……」

弥平次が感心して呟《つぶや》いたとき、二人の前をいく小左衛門が、菅笠を押さえて矢藤太へふり向いた。そして、笑みを浮かべて言った。

「矢藤太どのは、京のお人でしたか」

「はい。生まれは京の北のはずれの、高野《たかの》の百姓なんですがね。ひょんなきっかけがあって、三十歳をすぎてから江戸へ下り、口入屋になりましてね。あの市兵衛さんとは、若いころに京で知り合ったんです」

矢藤太は市兵衛の後姿を指差して言った。

「そうでしたか。京の都の様子は、永正さまのお父上の先代にお仕えしていたころに聞いたことがあります。村山家のご本家は西国の姫路です。先代は若きころ一度、ご本家のある姫路へ旅をなされ、途中、京に投宿なさったことがおありでした。先代から京の町の様子をうかがい、見たわけでもないのに、古《いにしえ》の息づく雅《みやび》な都にいるような感じがしたのを、覚えております」

小左衛門の丸い背中が、若いころの自分を笑って小さくゆれた。

「見知らぬ土地へいくときは、不安もありますが、少々胸も躍ります。殊に、弥平次のような若い者はそうでしょうな」

「そうですね。確かに京は古い都です。ところで、小左衛門さんは、江戸は初めてですか」

　矢藤太は、小左衛門の丸い背中に言った。

「一度、永正さまのお供をして、江戸へいったことはあります。永正さまが勘定方に就《つ》かれて間もないころでした。じつはそのとき、《近江屋》さんへうかがった覚えがあるのです。近江屋さんの先代のころです。その当時、近江屋さんは藩の手形や為替の御用を請《う》けておられて、永正さまが出張でお出かけの折り、お供をいたしました。どのようなお店だったか、もう定かには思い出せませんが」

「するってえと、もしかしたら当代のご主人の隆明さまや季枝さまを、ご存じなんでございますか」

「いえ」

　と、小左衛門はまた矢藤太へ見かえり、すぐに向きなおった。

「近江屋隆明どのも季枝どのも、お目にかかったことはありません。堤連三郎さまとは、蔵町のお屋敷へ訪ねてこられた折り、ご挨拶をいたしました」

「これから、江戸の新しい暮らしが始まりますね。もしも、江戸の暮らしに慣れなくて、戸惑うようなことがございましたら、神田三河町三丁目の宰領屋の矢藤太をお訪ねください。これでも町家のほうでは多少顔が知られておりますので、少しはお力になれることが、あるかもしれませんので」

「痛み入ります。ですが、それがしは江戸では暮らしません。江戸の近江屋さんまで早菜さまのお供をいたし、早菜さまがどのようにお暮らしになるのかと見さだめたところで、この武州へ戻ります。それがしは武州で生まれ、育ち、年老いました。武州以外に暮らす土地はありません」

小左衛門は、もの悲し気に声をひそめた。

「それじゃあ、早菜さまはおひとりになるんで、ございますか」

「大丈夫でござる。早菜さまはお強いお嬢さまです。それがしのような老いぼれがついていたとて、なんのお世話もできず、足手まといになるだけです。幸い、松山《まつやま》に縁者がおり、その者の世話になることになっております。もう、武家奉公の刀も仕舞います。元々、手入れする以外に抜いたこともありませんので」

小左衛門の背中がまた笑った。

どこまでいっても、蟬の賑わいが追いかけるように続いていた。

地平を離れた天道は、だんだん高くなり、南の空には雲ひとつ見えなかった。

道端の木々が、くっきりとした影を街道に落としていた。

ただ、野良仕事をする農夫らしき人影が、田畑の彼方《かなた》にぽつんと見えた。朝の早い農夫の仕事は、もう終わっている刻限である。

市兵衛は、早菜や老侍の小左衛門の足を考え、ゆっくりと歩みを進めていた。

旅人の姿は少なかった。

江戸へ向かう大きな荷をかついだ行商風体《ふうてい》が、遠くにいくつか、ちらほらと数えられるばかりだった。

間もなく藤間村の集落を抜け、次の一里塚がある。

それをすぎると亀窪《かめくぼ》村、そして、川越城下よりおよそ三里（約十二キロ）の大井宿にいたる。

今日一日で、江戸の近江屋までは無理である。

今夜の宿は、新座郡の膝折宿か白子村の宿を考えていた。

街道は藤間村の集落をすぎ、亀窪村へ向かう人気《ひとけ》の途絶えたなだらかな坂をのぼった道の両側に、一里塚があった。

城下からはや二里（約八キロ）である。

一里塚の高木の枝葉が、朝日を浴びて青々と耀《かがや》いていた。

傍らに榜示杭《ぼうじぐい》がたっていて、道祖神を祀《まつ》った小さな祠《ほこら》も並んでいた。

その榜示杭と祠のずっと先に、掛茶屋らしき藁《わら》屋根の一軒家が見えていた。

藁屋根の板庇《いたびさし》に葭簀《よしず》をたてかけ、白い煙がゆっくりとのぼっていた。

いきの折りは、突然の驟雨《しゅうう》に遭い、大井宿の地蔵院の山門に雨宿りをして、この道を通りかかったのは、驟雨が止んだあとの夕方だった。

店は板戸を閉《た》て廻《まわ》しており、掛茶屋があることは気づかなかった。

市兵衛はふりかえり、目を伏せて懸命に歩んでいる早菜に言った。

「次が亀窪村で、その先が大井宿です。大井宿で休息をとろうと思います。それとも、あそこに掛茶屋があります。少し休みますか」

早菜は、菅笠の下ではっとした様子を見せ、ひと息吐《つ》いた。桜色の肌が上気したように、ほんのりと赤みを差していた。

「いえ、まだ大丈夫です。大井宿まで参りましょう」

早菜はこたえた。

市兵衛は、ふむ、と早菜へ頷《うなず》き、歩みを進めた。

葭簀の陰に、柱につけた看板が見え、《うどん　そばきり》と読めた。板庇には《おやすみ処》の旗が垂れさがり、売り物の草鞋や傘が吊《つ》るしてある。

板庇の下の土間に縁台が二台並んでいて、着物の黒っぽい色が見えた。

そのとき、掛茶屋には三人の客があった。

一里塚の高木で蟬が騒ぎ、街道に市兵衛らのほかに人の姿はなかった。

二

掛茶屋まで十数間ほどへきたとき、縁台の三人が立ちあがった。

三人は刀を腰に帯び、ひとりが茶屋の勘定を済ませると、ひとり、二人、三人と、蟬の騒ぐ街道へ歩み出た。そうしてともに、街道の先の、松林の間からいく筋も射す朝の光を背に、市兵衛らのほうへ向いて立ち並んだ。

黒や紺の着物を着け、細袴に二刀を閂《かんぬき》差しに帯びていた。

市兵衛は歩みをゆるめ、やがて歩みを止めた。

後ろの四人も歩みを止めたのは、前方の掛茶屋から表れた三人の様子に、不穏な気配を察したからに違いなかった。

三人は黒足袋に履いた草履を地面に擦りつけ、市兵衛らのほうへ歩み出した。

「小左衛門どの、早菜さまのそばを離れぬように。矢藤太、みなを連れて引け」

市兵衛は、三人へ目を凝らして言った。

「市兵衛さん、なんだい、あいつら」

矢藤太が言った。

「見た顔がある。先だって、屋敷に検《あらた》めに乗りこんできた。横目役頭・菅留吉配下の宮内馬ノ助と名乗っていた」

「あっ、あいつらか。もしかして、仕かえしにきやがったのか」

「矢藤太、引け」

「だ、だめだ。後ろからも、あのとき見た顔が三人きやがった」

市兵衛は半身になって、後方へ目を転じた。やはり、三人が背後を押さえるように横隊に広がり迫っていた。

「早菜さま、離れていてください。矢藤太、小左衛門どの、早菜さまを頼む」

市兵衛は、再び前方の三人へ向きなおった。

「承知」

「心得た」

矢藤太と小左衛門が、腰の刀をつかんで言った。

四人は道の前後を見守りつつ、市兵衛をひとり残して道端へ退いていった。

矢藤太と小左衛門が早菜を囲み、弥平次は両掛の荷を道端におろして、天秤棒をつかんでその囲みに加わった。

前方の三人は、五間（約九メートル）ほどまできて、そこで市兵衛と対峙《たいじ》した。

「先だっての、宮内馬ノ助さんだな。横目役頭・菅留吉配下と聞いたが、横目役の御用か」

市兵衛が先に言った。後方へ向き、

「そちらは、浩次、豪、満右衛門、と呼ばれていた方々だな」

と声をかけると、後方の三人は刀をつかんではいても、それ以上進むのをためらうかのように、七、八間（約一二・六〜一四・四メートル）をおいて歩みを止めた。

「唐木市兵衛だな。素性の知れぬ素浪人らしいが、江戸の近江屋に頼まれて村山の屋敷を訪ねたと聞いている。そっちは口入屋の矢藤太か。江戸の近江屋は、大店の両替商だ。近江屋は村山の屋敷になんの用があった」

留吉が言った。

「そちらはどなただ。御用のお訊《たず》ねなら、姓名をうかがいたい」

「念のために訊《き》くだけだ。近江屋の用など、もうどうでもよい。だが、名は教えてやる。それがしは、いやおれは松平大和守家・横目役頭の菅留吉だ。おぬしに右腕を落とされ、剣が使えなくなった菅啓介の父親だ。こっちは松本蔵六。同じく、わが配下の横目役殺生方だ。馬ノ助に聞いた。おぬし、相当、腕がたつそうではないか。倅も配下の者らも、歯がたたなかったとな」

「唐木、おぬしがどれほどの腕前か、知りたくてきた。おぬしに会うのが、待ち遠しかったぞ」

留吉の後ろの蔵六が、薄笑いを寄こした。

「早菜、親父どのは気の毒だった。仕手《して》によく反撃を加えたが、所詮はそこまでだったということだ。藩侯にそむいて上意討ちの主命を受けた身にしては、ましな最期だったではないか。おれが仕手なら、ああはさせなかったが」

留吉が、早菜へあてこすりをにじませて言った。

しかし、早菜は言いかえした。

「父は殿さまにそむいてなどいません。殿さまにお仕えする侍として、忠義をつくしたのです。耳ざわりのよいことだけを申すのは、忠義ではありません。あなたには、父のふる舞いがおわかりにならないのです」

「ふん、侍の忠義をつくしただと。それで上意討ちに遭った父親の汚名を雪《そそ》いだつもりか。笑えるぞ」

「どうぞ、お笑いなされ。同じ家中の十一名もの傍輩《ほうばい》を斬り、父や夫や兄弟を失った子供や女たちの悲しみと嘆きを、思う存分お笑いなされ」

早菜の言葉に、留吉は眉をひそめた。

蟬の騒ぐ街道に沈黙が流れた。掛茶屋の亭主と女房が、葭簀をかけた板庇から道に出て、恐る恐る様子をうかがっていた。

やがて、留吉は目をそむけ吐き捨てた。

「女の分際で小賢《こざか》しい。よいわ。女は後廻しだ。おまえら、こちらの始末がつくまで、女を見張っておれ」

留吉は後方の三人に命じた。

そうして、閂差しの佩刀《はいとう》をつかみ、前へ押し出しつつ柄《つか》に手をかけた。

「唐木、おぬしに用がある。いかなる用か、わかっているな」

と、草履を脱ぎ捨て、黒足袋で再び歩み出した。

蔵六と馬ノ助も留吉の背後左右に位置をとり、同じく歩み出した。

「素性も知れぬ素浪人ごときが、柄でもないことに首を突っこみおって、鼻持ちならん。不愉快でならん。そのような輩《やから》には、鉄槌《てっつい》をくださねばな。おぬしの右腕をいただく。むろん、止《とど》めを刺してほしくば、それぐらいの哀れみはかけてやってもよい。だから安心しろ」

市兵衛は背中の荷物をほどき、後ろに落とした。

留吉らと同じく、留吉に向かって悠然と踏み出した。

だが、市兵衛は両手は刀に手もかけなかった。

手は両わきに垂らし、悠然と歩みを進めた。

ふと、留吉は市兵衛の力みの見えないかまえを訝《いぶか》った。

「唐木、容赦せん」

たちまち、市兵衛と留吉の間合がぎりぎりに達した。

途端、留吉は踏み止まり、抜き打ちに円形線の刃筋を描き、左足を引きながら大上段より斬りおろした。

「せえい」

喚声とともに刀が朝日に煌《きら》めき、市兵衛の菅笠をかすめた。

市兵衛は即座に反応した。

踏みきった左足を軸に半身に態勢を転じながら抜刀し、留吉の刃《やいば》を肩先すれすれに流したその同じ瞬間、留吉を斬りあげた。

「やああ……」

浅黒く頬骨の高い留吉の右頬が、ぴっ、と音をたてて裂けた。

市兵衛の刀は留吉の頭上に漂い、留吉は顔をそむけ、自分の一刀が市兵衛の右傍らへ流れているのに気づいた。

俊敏な両者の動きは停止し、両者の動きの幻影を周りの者の目に映した。

留吉の頬の疵から、ひと筋の血が垂れた。

街道は静まりかえり、朝の日の輝きが留吉の頬を伝う血に映えた。

矢藤太が生唾を呑《の》みこみ、ごくり、と喉を鳴らした。

次の瞬間、留吉は後ろの左足を軸に変え、右足を一歩引き退きつつ刀をかえすや、市兵衛を斬りあげにした。

一刀は羽音のようなうなりを発し、市兵衛の体軀《たいく》を両断した。

だがそれはすでに、留吉の斬りあげたと思った幻影にすぎなかった。

市兵衛の体軀は、朝日の耀きの中へ飛翔し、両足を虫のようにたたみ、両肘《ひじ》は小さく折って刀を上段にとっていた。

留吉は、光の中に飛翔した市兵衛に虚《きょ》を突かれたことはわかった。市兵衛と眼《まな》差《ざ》しを交わした刹那《せつな》、
おのれ……

と、間に合わぬことを悟った。

受け止めるのも、身を転ずるのも、間に合わぬことを悟った。

市兵衛は小さく鋭い刃筋の円形線を描いて上段より切り落とし、留吉の脳天を割った。

四十九歳の留吉の、近ごろ白髪の目だっていた髷《まげ》がざんばらに乱れたのと同時に、市兵衛は地上に降り立っていた。

市兵衛にも留吉にも声はなく、蟬《すわ》も両者の戦いを凝《じ》っと見守っていた。

留吉はうな垂れ、両膝を折って坐りこんだ。

「なぜだ……」

と自分に訊ねたが、謎は解けないまま、留吉の脳天より血があふれ、おぼろげな視界を遮った。

留吉は、潰《つぶ》れるように俯《うつぶ》せた。

蟬が再び一斉に騒ぎ出し、血が噴き、肉片が飛散し、雄叫《おたけ》びと絶叫の戦いが炎

のように燃え盛るのを囃《はや》したてた。

留吉の左後ろの位置にいた馬ノ助が市兵衛に襲いかかったのは、右後ろの蔵六より一瞬早かった。

馬ノ助は獣のように吠《ほ》え、必ず斬る、斬り捨てる、と決断を身体中に漲《みなぎ》らせ、大上段に打ちかかった。

しかし、市兵衛は降り立った体軀を地へ這《は》わすほどかがめ、馬ノ助の大上段の突進のわきを胴抜きに走り抜けたのだった。

馬ノ助は胴を抜かれながら、市兵衛の後ろへ、一旦、たたらを踏んで立ち止まってふりかえった。

途端、肩へざっくりと浴びた。

引き斬りにされ、血飛沫《ちしぶき》の噴く音と悲鳴が蟬の騒ぎにまじった。

馬ノ助が手足を投げ出し、仰《あお》のけに倒れていく、その間もすかさず、市兵衛は蔵六の一撃を跳ねあげていた。

鋼の鋭い響きが朝の光を引き裂き、蟬の喊声《かんせい》が街道に波のように囃している。

蔵六は跳ねあげられた刃を通して伝わる膂力《りょりょく》にたじろいだ。

一歩、二歩と引き、八相《はっそう》に身がまえ、市兵衛は正眼《せいがん》にとった。

だが、蔵六は八相の身がまえを変えず、市兵衛との間合いを開くように、立ち位置を横へ横へとずらし始めた。

市兵衛は蔵六とともに横へ動いて、それを許さなかった。

蔵六の動きは次第に速さを増し、市兵衛はぴたりとついて地を蹴り、睨《にら》み合いを続けたまま掛茶屋のほうへと駆け出した。

蟬の喊声がいっそう猛《たけ》り、熱狂し、道端に出て斬り合いを見守っていた掛茶屋の亭主と女房は慌てて店の中へ引っこんだ。

蔵六にはわかっていた。

八相のかまえを解いて背中を見せ逃走を図った瞬間、この男の斬撃を背中に浴びることになるとだ。

わあぁ……

蔵六は叫んだ。

二人は見る見る掛茶屋の前まできて、走りすぎようとした。

そのとき、蔵六は掛茶屋の板庇にたてかけた葭簀へぶつかって、みしみしと潰しながらも、市兵衛のほうへなぎ倒した。

葭簀が市兵衛の上から覆いかぶさるように倒れかかってきた。

市兵衛が身を引き、葭簀が土埃《つちぼこり》を舞いあげた一瞬の隙に、蔵六は市兵衛に逆襲をかけた。上段からの一撃をうならせた。

だが、蔵六は市兵衛の隙を逃すまいと焦ったため、遮二無二《しゃにむに》浴びせた一刀は、足と腰の安定を欠いた。

市兵衛との間合いを詰める動作が不十分だった。

その一刀をすんでに躱《かわ》して放った市兵衛の右袈裟懸を、蔵六はまともに浴びたのだった。

蔵六は掛茶屋へはじき飛ばされ、庇に吊るした草鞋や傘をゆらし、縁台をがたがたと倒して、寄付きの下の土間に叩《たた》きつけられた。

掛茶屋の亭主が叫び、女房が悲鳴をあげた。

蔵六は、土間に叩きつけられかすかにうめいて、しばらくは身をよじったが、次第に動かなくなった。

市兵衛は、袈裟懸のあとの刀身を下段にまだ止めていた。

蔵六が動かなくなると、態勢をゆるやかに解き、刀をさげて街道の前後を見廻した。

遠く離れたところから、この斬り合いを眺めている荷馬の馬子や旅人の姿があった。神谷浩次と春山豪、石野満右衛門の黒羽織が、藤間村のほうへ逃げて小さくなっていた。

早菜と小左衛門、矢藤太と弥平次が街道に出てきて、市兵衛を見つめた。

「こいつは凄いや」

矢藤太が街道に倒れている二人を見おろし、呆《あき》れて言った。

市兵衛は、掛茶屋の土間に倒れている蔵六の息を確かめた。折れ曲がりの土間の奥で怯《おび》えて見ている亭主と女房に、

「済まない」

と声をかけた。

それから、掛茶屋を出て道を戻り、馬ノ助の絶命も確かめた。

早菜は、市兵衛を悲し気に見つめていた。

声をひそめて言った。

「あの、唐木さま、菅笠が少し破れて。それとかえり血が……」

と、指先でぬぐおうとするかのように白い手を差し出し、それをためらった。

市兵衛にも、言葉はなかった。

最後に留吉のうずくまる傍らへいった。

噴きこぼれた血は大きく広がっていたが、留吉の目は空《うつ》ろに見開かれていた。

刀の柄においた手をかすかに震わせ、最期のときを待っていた。

小左衛門が、留吉の傍らにゆっくりと歩みより、市兵衛と向き合った。

小左衛門は、ゆっくりと刀を抜いた。切先を俯せた留吉のうなじにあて、

「止めは、それがしが」

と、静かに言った。

小左衛門は、切先を留吉のうなじに静かに突き入れた。

留吉は身動きひとつしなかったが、空ろに見開いた目の命の火が消えたことはわかった。

小左衛門は刀を引き抜き、懐紙で刀身をぬぐって鞘《さや》に納めた。

「唐木どの、あとはそれがしにお任せください。早菜さまをお守りして、旅をお続けくだされ。矢藤太どの、弥平次、早菜さまを頼みますぞ。村役人の調べもありますし、藩からも役人が遣わされるでしょう。事の顚末を説明いたし、それがしはあとから江戸へ向かいます。こちらに落ち度はなくとも、いろいろと事情を訊かれて、むずかしいことになりかねません。早菜さまとともに、早々に領国からお立ち退きください」

矢藤太が、意外そうに市兵衛へ向いた。

弥平次は唖然《あぜん》としている。

「小左衛門……」

早菜が言った。

「大丈夫でございます、お嬢さま。事の次第は明らかなのでございますから、そう長く留めおかれはしません。解き放たれ次第、お嬢さまを追いかけます。江戸の近江屋さんは、昔一度いったことがございます。江戸へ着けば、思い出すでしょう。さあ、唐木どの、矢藤太どの、すぐにいかれよ。早菜さまをお願いいたします。弥平次、頼むぞ。さあ、さあ、……」

小左衛門は四人を追いたてるように、手をあおって見せた。

終章　養子縁組

江戸本石町《ほんこく》の老舗《しにせ》扇子問屋《伊東》の、店裏の住まいの部屋に、伊東の主人・文八郎と女房のお藤が、北町奉行所定町廻りの渋井鬼三次と良一郎の二人と向き合い、重苦しい沈黙が続いていた。

部屋の明障子《あかりしょうじ》は引き開けられ、縁側に沓脱《くつぬぎ》のある庭では、じじじ、と油蟬《あぶらぜみ》が癇《かん》に障《さわ》るような鳴き声をたてている。

もう七ツの夕方だが、空はまだ真昼のように青く明るく、汗ばむ暑気はやわらがなかった。

文八郎は、ふうむ、とうなり言葉はなく、ただ考えこんでいた。

文八郎の女房のお藤は、にこやかにしていれば愛嬌《あいきょう》のある器量よしなのに、渋井と良一郎を、眉をひそめ目じりを吊《つ》りあげて凝《じ》っと睨《にら》み、せっかくの器量よしを台無しにしていた。

渋井の御用聞を務める背のひょろりと高い助弥《すけや》は、これは町方の御用の筋ではなく、渋井の旦那と、旦那の倅《せがれ》の良一郎坊ちゃんと、旦那の元女房で良一郎坊ちゃんのおっ母《か》さんのお藤さんと、そのお藤さんが良一郎坊ちゃんを連れて再縁した今のご亭主の伊東のご主人の文八郎さんの、ちょっとこみ入った四人だけにかかわる内々の事情ゆえに、部屋にはあがらず、庭に面した縁側に腰かけ、油蟬の声を聞き、とき折り煙管《キセル》などを吹かし、

「助弥、いくぜ」

と、旦那の用が済んで声のかかるのを待っていた。

お藤さんと渋井の旦那は、良一郎坊ちゃんが五歳のとき離縁し、どういう事情でか、お藤さんは倅の良一郎坊ちゃんを連れて本石町の里に戻り、二年と半年後、八歳の良一郎坊ちゃんの手を引いて、伊東の文八郎さんに再縁し、良一郎坊ちゃんは伊東の跡継ぎに決まっている、と助弥は旦那から聞いていた。

ところが、その良一郎坊ちゃんの伊東の跡継ぎ話が、ここにきて怪しい雲行らしかった。

とにかく、いろいろ内々のごたごたがあって、助弥が口出しすることではないけれど、一体どうなるのかね、とちょっと気にはなった。

「いきなり、こんな話を持ちかけて、冗談じゃない、何をいまさらと言われるのはもっともだし、本来はこっちが、馬鹿を言うんじゃないとたしなめるべきなんでしょうが、良一郎自身がそう考えていることは、文八郎さんとおかみさんにお知らせすべきじゃないかと、思った次第でしてね。文八郎さんが、それはだめだと、そういうわけにはいかないと言われるなら、それでこの話は終りで、文八郎さんも、あたし自身も、この良一郎も、これまでと何も変わりはしません。ですが、文八郎さんがほかにも考える手だてがあるなら、良一郎の考えを聞くだけは聞いてやっても、いいんではないかと」

渋井は、《鬼しぶ》と綽名《あだな》されている下がり眉《まゆ》のしぶ面《づら》をいっそう渋くして、文八郎に言い、それからお藤へ向いた。

「おかみさん……」

と、渋井は普段なら「お藤」と言うところを、今は亭主の文八郎の手前、改まって「おかみさん」と呼びかけた。

「あたしもね、それはいい考えだと、思っているわけじゃないんです。そいつはいくらなんでも身勝手な言い分だろうと、思っちゃいるんです。八丁堀渋井家の町方の番代わりにしても、十年前、話し合った末に良一郎の行末《ゆくすえ》をおかみさんにお任せしたときから、良一郎を番代わりにと考えたことは、これっぽっちもありませんよ。いずれは親類の年ごろの子供と養子縁組をして、見習いに出仕させてと思いながら、おかみさんを呆《あき》れさせたこういう性分ですから、だらだらと先延ばしになっているだけでしてね」

渋井はそう言って、軽く咳《せき》払いをした。

「ですから、良一郎がこんないい加減な元親父《おやじ》を訪ねてきて、自分は商人《あきんど》には向かない、自分のような者が老舗の伊東を継いだら、伊東を台無しにしてしまうかもしれない、老舗の伊東を台無しにしてしまって、お父《と》っつあんやおっ母さんや妹を悲しませることになるかもしれない、それよりも自分は、文六親分の下っ引についていて、世間には、困っている人や、苦しんだり悲しんだりつらい思いをしている人が、大勢いることがだんだんわかってきて、そういう人らの力や助けにちょっとでもなれたらと思うようになった、それで、あんなだめな元親父、と顔を合わせてもろくに口を利かなかったあたしに、さげたくない頭をさげて、斯《か》く斯くの理由で町方の仕事がしたい、自分を渋井家の倅に戻して、町方の役目に就けるよう手を貸してもらえないか、むろん、あたしの言うことを聞いて、一から勉強をして生きなおす覚悟はある、だからお願いしますと、こんな自分でも倅は倅でしょう、一度ぐらい父親らしいことをしてくれたっていいんじゃありませんかと、仕舞いには、脅しみたいに言い始めたときは、正直、あたしもかちんときたんですがね」

そこまで言いかけたとき、

「甘いっ」

と、お藤がひと声発した。

庭の油蟬がお藤の声に吃驚《びっくり》して静まり、縁側の助弥は思わず部屋へふりかえった。

渋井はぽかんとし、良一郎は痩せた肩をすぼめた。

「良一郎、おまえはわかっていないの。世間が少しもわかっていないから、そんな甘いことを言っているだけなの。世間には困っている人や苦しんだり、悲しんだり、つらい思いをしている人が大勢いることがだんだんわかってきたなんて、今ごろ何を言ってるの。そういう人らの力や助けにちょっとでもなれたらなんて、人助けと町方の役目に就くことに、一体なんのかかり合いがあると思っているの。いいこと。世間には、貧乏な家の十歳にもならない小さな子が、朝の暗いうちから、天秤棒《てんびんぼう》をかついでしじみ売りをして、暮らしの助けになるために働いているの。おまえは暖かい布団《ふとん》にゆっくり寝て、目が覚めたら、あたり前のことのように、温かいご飯としじみの入った温かいお味噌汁《みそしる》をいただいて、なんだかお味噌汁が辛《から》いとか、美味《おい》しくないとか、文句を言っているの。そんなおまえは、しじみ売りの小さな子に、なんの力になれるの。なんの助けができるの。どこの奉行所のどういう町方が、しじみ売りの子の力になり助けになったの。おまえはそんな町方を見たことがあるの。聞いたことがあるの。これまで、しじみ売りの子の苦労やつらさや悲しみを考えたことのないおまえが、町方に就いたら急に考えるようになるの。十八にもなったおまえが、本気でそんなことを思っているの」

お藤は眉をひそめ、目じりを吊りあげて言った。

渋井はしぶ面を渋くし、良一郎はうな垂れてしょ気《げ》ていた。文八郎は黙って、そんな良一郎へやわらかな眼差《まなざ》しをそそいでいる。

「おまえは、お父っつあんにこれまで育ててもらった恩をどう思っているの。おまえの血のつながった前のお父っつあんは、仕事のことばかりで、倅のおまえのことはわたしに任せっぱなしで、気にもかけなかった」

「いや、そういうわけでも……」

渋井が言うのを、目じりを吊りあげたお藤の一瞥《いちべつ》が黙らせた。

「だけど、文八郎お父っつあんは、おまえが悪仲間に入ってわき道にそれても、心から気にかけて、まっとうな道を歩ませ、伊東を継がせようと一生懸命なの。なぜなら、おまえにはまだ幼い妹のお常《つね》がいるし、おっ母さんがいるし、何よりもおまえの身を心から気にかけ、案じてくれるお父っつあんがいるからなの。老舗の伊東には奉公人が何人もいるし、職人さんもいるし、その人たちにも親兄弟、女房も子もいるの。伊東を継いで守るということは、そうして一生懸命毎日毎日暮らしている人の力になり助けることになるの。自分が暮らしている周りの人たちの力になり助けにならなくて、親兄弟、女房子供を気にかけなくて、一体どこの誰の力になり助けになるつもりなの」

「だ、だから、おれなんかより、商いの修業を積んだ、もっとできのいい男を、お常の婿に迎えて……」

「お黙りなさい」

お藤の声が、また油蟬を吃驚させた。

縁側の助弥は、思わず煙管を落としそうになった。

「お藤、わたしにも言わせておくれ」

文八郎が穏やかに言った。

「言ってやって言ってやって」

お藤が言った。

「良一郎、どうやらおまえは勘違いをしているようだね。自分は商人には向いておらず、自分が伊東を継いでも商いをだめにしてしまうから、お常に商人に向いた男を婿に迎えて伊東を継がせたほうがいい、わたしも本心ではそう思っているけれど、仕方がなく自分を跡とりに決めているだけだと。わたしとは血もつながっていないしと、それも気にかけているんだね」

文八郎は、良一郎へ身を乗り出して続けた。

「そうじゃないよ、良一郎。おまえを伊東の跡とりに決めたのは、おまえが商人に向いているからだよ。おっ母さんと夫婦になる前、おまえとは何度か会って、ああこの子は伊東を継げる子だと、思っていた。だから、おっ母さんと夫婦になるとき、伊東は良一郎が継ぐと決めていたんだ。おまえは優れた商人になる。今もそう思っているし、わたしの目に狂いはなかったとね。いいかい。商家が跡継ぎに相応《ふさわ》しい者が子や親族にいないとき、これはと見こんだ者を、仮令《たとえ》、血はつながっていなくても、跡継ぎにすることは珍しくないのだ。先祖を祀《まつ》り、代々続く家業の商いを守っていくためには、そういうことをもときには必要なのだ。わたしがおまえを文六親分の下っ引に就かせたのは、おまえがいずれ伊東の主人になるためには、いい修業になると思ったからだ。手代奉公をするだけなら、番頭さんについて商いの修業をしたほうがいい。しかし、おまえが大勢の奉公人を率いる主人になるためには、それだけでは足りないのだ。人を学ばなければならないのだ。思った通り、おまえは文六親分の下で、人を学んだのだね。だから、今日みたいなことを言いにきたのだね」

は？　と渋井と良一郎と、お藤も文八郎を見た。

文六親分とは、神田紺屋町の町方の御用聞で、歳は六十をすぎていても南北両町方に腕利きとして知られ、しかも人情味があって、町の顔役でもあった。文八郎は文六親分に頼んで、家業に身の入らない良一郎を預けていた。

「ひとつ、良一郎には短所がある。それは、気だてが真っすぐで、人への思いやりが強すぎることだ。商いは、そういう気だてだけではやっていけない。儲《もう》けを出さないといけないのだから、どこかで、真っすぐな気だてや思いやりは、無情に断ちきらないといけない。むろん、人はみなそうして生きて、暮らしているのであって、渋井さま、町方のお役目もさようでございますね」

文八郎は渋井に言い、渋井は戸惑いつつも、うんうんと頷《うなず》いた。

「おまえは文六親分の下で、わたしの思う通りに学んだが、同時に、自分自身のことも学んだようだね。おまえの気だてでは、この伊東の主人になることに気が進まないのだね。よき商人になって、おっ母さんやお常やわたしや、奉公人や職人やお客さまを喜ばせる商いでは、気の済まないことがわかったのだね。おまえは自分を学んで、この伊東がおまえの居場所ではないことに気がついたのだね。良一郎、おまえは間違いなくよき商人になるが、商人よりももっとおまえに向いている生業《なりわい》のあることが、わたしにも今わかった。おまえには、この伊東よりももう少し広い、もう少し深い世界があるのかもしれないね。おまえはその世界へいきたいのだね」

お藤が唖然《あぜん》としていた。

文八郎は渋井へ向いて言った。

「渋井さま、ありがとうございました。よい話をお聞かせいただきました。わたくし、目が覚めたような気がいたします」

「あ、いえ、そんな……」

渋井はかえってうろたえた。

「この件につきまして、お藤と話し合います。しばらく、そうでございますね、この夏が終りますまでにはご返事を申しあげ、改めまして、いろいろとご相談させていただき、またお訊《たず》ねしなければならぬこともあるかと思われます。何とぞ、しばらくのご猶予《ゆうよ》をお願いいたします」

「そりゃあもう、ごもっともで」

渋井が畏《かしこ》まって言った。

お藤は口が利けず、良一郎は肩をすぼめてうな垂れ、庭では油蟬が囃《はや》すように、じじじ、と鳴き、助弥は、渋井の旦那が恥ずかしそうに顔を赤らめているのを、どうしたんだろう、というふうに見ていた。


半刻後、渋井と助弥は、日の入りの迫った夕方の神田三河町の往来を、二丁目から三丁目へと向かっていた。

町家はもう夕餉《ゆうげ》の刻限で、往来は慌ただしさの中にも人通りがだいぶ減って、一日の仕事が済んだくつろいだ気配が流れていた。

その店の両引きの表戸に、《宰領屋》《三河町三丁目》と、大きく標《しる》した筆文字が読めた。

ひょろりとしたのっぽの助弥が、小走りに長い足を虫のように曲げ伸ばしして宰領屋の表戸の軒下にいき、

「ちょいと御免よ」

と、油障子を引いて店の中へ、長い首を差し入れた。

おいでなさいまし、と店の中の声が聞こえた。まだ、店の者は仕事をしているようだった。

渋井は店の前の往来《おうらい》に佇《たたず》んで、日の名残りを留《とど》める夕焼け空を見あげた。

烏《からす》が鳴きながら飛んでいく。

「矢藤太さんは、いらっしゃいやすか」

助弥が首だけを表戸の間へ突っこんだ恰好《かっこう》で言った。

「おや、これは助弥さん。渋井さまもご一緒で？」

「へい、番頭さん。旦那は後ろにいらっしゃいやす。今日は御用じゃねえんで、ご主人の矢藤太さんはいらっしゃるかな、とのぞいただけなんで」

「そうでしたか。まあお入りいただくように、渋井さまに仰《おつしや》ってください。渋井さまを外でお待たせいたすのは、気が引けます。ただ今お茶など……」

聞き慣れた番頭の声が助弥に言った。

「旦那、番頭さんがお入りくださいと、仰ってますが」

助弥がふりかえり、往来で空を見あげている渋井に言った。

「ふむ。けどいいよ、ここで。矢藤太がいるなら、誘いにきただけだし」

すると、前土間に草履を鳴らし、いつも帳場格子にいて、唇をへの字に結んだ気むずかしそうな顔つきの、白髪頭の番頭が往来へ出てきた。

番頭は濃い鼠《ねずみ》色の長着の腰を折り、渋井に言った。

「これはこれは渋井さま、おいでなさいませ」

「やあ、番頭さん、御用でもないのにわざわざ済まないね。ここら辺まできたもんだから、矢藤太はいるかなと、顔を出しただけなんだ」

渋井は刀の柄《つか》に両手を乗せて言った。

「さようでございましたか。主人は今月の初めから、急な仕事が入りまして川越へ……」

番頭は顔をあげ、手もみをしながら言った。

「ほう、急な仕事で川越へ。矢藤太自らが仕事で出かけるってのは、珍しいな。しかも、武州の川越までとはな」

「はい。あの唐木市兵衛さんとお二人で……」

「どおりで。市兵衛の店《たな》へいったんだが、留守だから、もしかしたら矢藤太のとこかなと思ってきたのさ。じゃあ、市兵衛も川越かい」

「さようでございます。市兵衛さんおひとりに押しつけちゃあおけない、仕事を斡旋《あっせん》したおれもいかなきゃならないと仰いまして、お陰で請け人宿の仕事はわたしどもだけでございます。どうにかやっておりますが」

「市兵衛ひとりに押しつけちゃあおけない、斡旋した手前、自分もいかなきゃならねえってかい。へえ、どういう仕事を市兵衛に斡旋したんだい」

「相済みません。それは他人に言うんじゃないぞと、言われておりまして、何とぞ主人が戻って参りましたら、お訊ねくださいまし」

　渋井と矢藤太は顔を見合わせ、ふうん、と頷き合った。

「いつごろ、矢藤太と市兵衛は戻ってくるんだい」

「それは、もう間もなくとは思うんでございますが、詳しいことはわたしどもも聞かされていないんでございます」

　渋井は、ふう、とため息を吐《つ》いた。

　何かしら、やれやれと言いたくなるような気分だった。また、日の名残りを留める夕焼け空を見あげて、しきりに鳴きながら飛んでいく烏を目で追い、

「やれやれ……」

と、ため息交じりに口に出した。

同じ日の夕方、市兵衛と早菜、矢藤太、弥平次の四人の一行は、江戸道新座郡の白子村の旅籠《はたご》に投宿した。

一行が、新両替町二丁目の本両替商・近江屋に到着したのは、翌日、江戸の町に蝉が騒ぐ夏の午後であった。

刀自《とじ》の季枝は、近江屋の主人である倅の隆明とともに、早菜の無事な到着を心より歓んだが、早菜より村山永正の迎えた運命を聞いて涙を流し、深く、なお深く悲しんだ。

残照の剣

一〇〇字書評

切・り・取・り・線

購買動機（新聞、雑誌名を記入するか、あるいは○をつけてください）	
□（　　　　　　　　　　　　）の広告を見て	
□（　　　　　　　　　　　　）の書評を見て	
□ 知人のすすめで	□ タイトルに惹かれて
□ カバーが良かったから	□ 内容が面白そうだから
□ 好きな作家だから	□ 好きな分野の本だから

・最近、最も感銘を受けた作品名をお書き下さい

・あなたのお好きな作家名をお書き下さい

・その他、ご要望がありましたらお書き下さい

住所	〒				
氏名		職業		年齢	
Eメール	※携帯には配信できません	新刊情報等のメール配信を 希望する・しない			

この本の感想を、編集部までお寄せいただけたらありがたく存じます。今後の企画の参考にさせていただきます。Eメールでも結構です。

いただいた「一〇〇字書評」は、新聞・雑誌等に紹介させていただくことがあります。その場合はお礼として特製図書カードを差し上げます。

前ページの原稿用紙に書評をお書きの上、切り取り、左記までお送り下さい。宛先の住所は不要です。

なお、ご記入いただいたお名前、ご住所等は、書評紹介の事前了解、謝礼のお届けのためだけに利用し、そのほかの目的のために利用することはありません。

〒一〇一－八七〇一
祥伝社文庫編集長　坂口芳和
電話　〇三（三二六五）二〇八〇

祥伝社ホームページの「ブックレビュー」からも、書き込めます。
www.shodensha.co.jp/bookreview

祥伝社文庫

残照《ざんしよう》の剣《けん》　風《かぜ》の市兵衛《いちべえ》 弐《に》

令和 2 年 8 月 20 日　初版第 1 刷発行

著　者　辻堂《つじどう》 魁《かい》

発行者　辻　浩明

発行所　祥伝社《しようでんしや》

東京都千代田区神田神保町 3-3

〒 101-8701

電話　03（3265）2081（販売部）

電話　03（3265）2080（編集部）

電話　03（3265）3622（業務部）

www.shodensha.co.jp

印刷所　堀内印刷

製本所　積信堂

カバーフォーマットデザイン　中原達治

Printed in Japan ©2020, Kai Tsujidou　ISBN978-4-396-34658-4 C0193

祥伝社文庫の好評既刊

辻堂魁　風立ちぬ（下）　風の市兵衛⑦

市兵衛誅殺《ちゅうさつ》を狙う托鉢僧《たくはつそう》の影が迫る中、市兵衛は、江戸を阿鼻叫喚の地獄に変えた一味を追う！

辻堂魁　五分《ごぶ》の魂　風の市兵衛⑧

人を討たず、罪を断つ。その剣の名は――〝風〟。金が人を狂わせる時代を、〈算盤侍〉市兵衛が奔《はし》る！

辻堂魁　風塵《ふうじん》（上）　風の市兵衛⑨

唐木市兵衛が、大名家の用心棒に⁉ 事件の背後に、八王子千人同心の悲劇が浮上する。

辻堂魁　風塵（下）　風の市兵衛⑩

わが一分《いちぶん》を果たすのみ。市兵衛、火中に立つ！　えぞ地で絡《から》み合った運命の糸は解けるのか？

辻堂魁　春雷抄《しゅんらいしょう》　風の市兵衛⑪

失踪した代官所手代を捜す市兵衛。夫を、父を想う母娘のため、密造酒の闇に包まれた代官地を奔る！

辻堂魁　乱雲《らんうん》の城　風の市兵衛⑫

あの男さえいなければ――義の男に迫る城中の敵。目付筆頭の兄・信正《のぶまさ》を救うため、市兵衛、江戸を奔る！

祥伝社文庫の好評既刊

辻堂　魁　**遠雷**　風の市兵衛⑬

市兵衛への依頼は攫《さら》われた元京都町奉行の倅《せがれ》の奪還。その母親こそ初恋の相手、お吹《すい》だったことから……。

辻堂　魁　**科野秘帖《しなのひちょう》**　風の市兵衛⑭

「父の仇を討つ助っ人を」との依頼。だが当の宗秀は仁《じん》の町医者。何と信濃《しなの》を揺るがした大事件が絡んでいた！

辻堂　魁　**夕影《ゆうかげ》**　風の市兵衛⑮

貸元の父を殺され、利権抗争に巻き込まれた三姉妹。彼女らが命を懸けてまで貫こうとしたものとは⁉

辻堂　魁　**秋しぐれ**　風の市兵衛⑯

元力士がひっそりと江戸に戻ってきた。一方、市兵衛は、御徒組旗本のお勝手建て直しを依頼されたが……。

辻堂　魁　**うつけ者の値打ち**　風の市兵衛⑰

藩を追われ、用心棒に成り下がった下級武士。愚直ゆえに過去の罪を一人で背負い込む姿を見て市兵衛は……。

辻堂　魁　**待つ春や**　風の市兵衛⑱

公儀《こうぎ》御鳥見《おとりみ》役を斬殺したのは一体？　藩に捕らえられた依頼主の友を、市兵衛は救えるのか？　圧巻の剣戟!!